파란만장
등학 1학년

파란만장 동학1학년

메건 맥캐퍼티 지음◎**김영아** 옮김

퀸카의 조건!
1날마다 다른옷을 입어야 한다!!

미래인

파란만장 중학 1학년

1판 1쇄 발행 2014년 4월 15일
1판 3쇄 발행 2016년 1월 20일

지은이 메건 맥캐퍼티 **옮긴이** 김영아 **펴낸이** 박혜숙 **펴낸곳** 미래M&B
책임편집 황인석 **디자인** 이정하
총괄이사 이도영 **영업관리** 장동환, 김대성, 김하연
등록 1993년 1월 8일(제10-772호)
주소 서울시 마포구 동교로 134(서교동 464-41) 미진빌딩 2층
전화 02-562-1800(대표) **팩스** 02-562-1885(대표)
전자우편 mirae@miraemnb.com **홈페이지** www.miraeinbooks.com

ISBN 978-89-8394-764-2 03840

값 9,500원

너틀브룩 중학교의 숙녀들에게
이 책을 바칩니다.

차례

1장

비밀문서

완전 자신 있다고 생각했던 어떤 일이 **전혀** 그렇지 않을 수도 있음을 알게 된다면 어떨까?

오늘 나한테 닥친 일이 바로 이거다.

오늘은 여름방학의 마지막 날. 난 내일 중학 1학년(미국의 교육과정은 주마다 조금씩 다른데 이 소설의 배경인 뉴저지 주의 경우 초등학교 6년, 중학교 2년, 고등학교 4년으로 이루어지고 9월에 학년이 시작된다: 옮긴이)이 될 예정이다. '예정'이라고 한 건 이렇게 형편없이 준비가 안 된 상태로 중학교에 갈 수 있을지 모르기 때문이다.

하지만 언니의 생각은 달랐다. 사실 아까까지는 내 준비 상태가 형편없었지만 방금 자기가 언니다운 지혜를 물려줬으니까 이제 아무 문제 없다고 우겼다. 그리고 약속했다. 자기가 준 '퀸카의 조건'을 따르기만 한다면 중학교에서 그저 살아남는 정도가 아니라 **완전 끝내주게** 될 거라고.

1학년 생활에서 성공하는 데 뭐가 필요한지는 그 누구보다 언니가 잘 알 거다. 10년 전에 베다니 달링은 파인빌 중학교의 퀸카였으니까. 모든 남학생이 언니와 데이트하고 싶어 했고 모든 여학생이 언니처럼 되고 싶어 했다. 그때 난 아기였지만 사진을 봐서 잘 안다. 맹세컨대 언니의 삶은 샴푸 광고처럼 완벽했다.

내 삶은 샴푸 광고 같지는 않지만 나쁘지도 않다. 적어도 학교에서 '친구 사랑' 주간에 억지로 봐야 하는 왕따 예방교육용 영화 수준은 아니니까. 난 친구도 많다. 언니가 '퀸카의 조건'을 주기 전까지만 해도 중학교 갈 걱정에 바짝 쫄아 있던 사람은 단짝 친구 브리짓이지, 난 절대로 아니다. 나 자신에 대해 묘사해야 한다면 이렇게 말할 수 있겠다. 난 엄청나게 재치 있고, 적당히 예쁘고, 여드름이 약간 있다. 내 외모는 못 봐줄 정도는 아니지만 손을 봐야 할 곳도 확실히 있긴 하다.

오늘 아침 언니의 제안을 거절할 수 없었던 건 그 때문이다. 1학년 첫날을 앞둔 동생한테 인생을 변화시킬 조언을 해주려고 사회활동으로 바쁜 시간을 쪼개서 깜짝 방문을 한 언니가 아닌가! 게다가 브리짓이 중학교 걱정에 뒤죽박죽 혼란한 상태여서 어쩌면 브리짓한테 도움이 되는, 말하자면 혼란을 바로잡아줄 귀중한 정보를 얻을 수 있을 것도 같았다. 그게 가능한지는 모르겠지만.

10

"인생에서 이렇게 중요한 시기에 언니가 대학에 가 있으니 많이 힘들 거야."

언니가 혀를 쯧쯧 차면서 안됐다는 듯 고개를 설레설레 저었다.

난 최선을 다해 노력했지만, 언니와 난 그렇게 살가운 사이는 아니다. 그건 우리가 서로 다른 세대에 태어난 탓이다. 언니가 내 나이였을 때 난 아직 오줌싸개였고 그건 우리의 관계에 장애물이 되었다. 난 언니를 늘 먼발치에서 우러러봤는데 그건 브리짓이 연예인을 숭배하는 것과 비슷했다. 우리는 우상에게서 눈곱만큼이라도 자신과 닮은 모습을 찾으려 한다. 하지만 그들의 삶은 너무 화려해서 우리같이 시시한 사람들은 감히 접근조차 할 수 없는 것이다.

"초등학교에서 중학교로 올라가는 건 가볍게 볼 일이 아니야."

언니의 말이 이어졌다.

"중학교 때 네가 하는 선택은 그대로 고등학교 때 인기를 좌우하고, 고등학교 때의 인기는 그대로 대학 때 인기를 좌우하고, 대학 때의 인기는 그대로 네가 들어갈 여학생클럽(sorority. 회원들끼리의 결속력이 매우 강한 여학생들의 친목단체로 별도의 기숙사를 운영하며 사교활동을 강조한다:옮긴이)을 좌우하고, 네가 들어간 여학생클럽은 그대로 네가 만나고 결혼하는 사람을 좌우하고, 네가 결혼하는 사람은 그대로 평생 너의 인기를 좌우할 거야. **죽을** 때까지."

11

언니는 자기 말의 심각성이 충분히 느껴지도록 잠시 말을 멈추었다.

"선택. 너어어무 많은 선택."

그러고는 호들갑스럽게 내 어깨를 잡았다.

"너무 많은 선택 때문에 생기는 문제가 뭔지 아니? 바로 너무! 많은! 실수!"

언니가 이렇게 말했을 때 진짜로 등골이 오싹했다. 하지만 그건 언니가 내 어깨를 등이 휠 정도로 꽉 잡은 탓만은 아닌 것 같다.

"너한테 내 지혜를 나눠주는 것도 그 때문이란다, 동생아."

그러면서 내 머리를 쓰다듬어줬다. 근데 이건 좀 웃기는 그림이었다. 왜냐하면 키가 벌써 자기만 한 내 머리를 쓰다듬기 위해 언니가 팔을 위로 들어 올려야 했기 때문이다.

언니는 전문 쇼호스트처럼 우아한 몸짓으로 명품 핸드백에서 3×5 크기의 카드를 꺼냈다. 그러고는 애타는 내 손가락 앞에서 그 작은 종이를 약 올리듯 팔랑팔랑 흔들다가 마침내 넘겨줬다.

여기! 내 손 안에! 최고의 인생으로 가는 거룩한 비밀문서가 들어있구나!

종이를 들여다보기 전까지는 그렇게 생각했다.

"어, 이건 파인빌 중학교 응원단의 옛날 여행계획표인데?"

"인생을 변화시킬 조언은 뒤에 있단다."

언니는 한숨을 폭 쉬며 말했다. 그렇게 뻔한 것도 모르냐는 듯.

그래서 내가 그렇게 뻔한 것을 **하려는 찰나**, 언니가 내 손을 탁 쳤다.

"아직 안 돼!"

"아야! 왜 안 돼?"

난 얼얼한 손등을 문지르며 소리쳤다.

"인생을 변화시킬 조언은 오롯이 혼자 힘으로 터득해야 해. 깨우쳐줄 수 있는 사람이 곁에 없을 때 말이야. 이것도 과정의 일부란다."

언니는 점잔을 빼며 말했다.

난 손 안의 카드를 빤히 들여다봤다. 10년이나 된, 파인빌 중학교 응원단 여행계획표 뒷면에 삶을 변화시킬 무슨 대단한 조언이 있을까? 깨우침을 줄 만큼 많은 내용을 적을 수나 있나? 기껏해야 **제시카, 파이팅!** 정도 적을까 말까 한 종이에?

못마땅하다는 듯 언니의 얼굴이 뾰로통해졌다.

"왜 난 감사의 포옹을 못 받는 걸까? 왜 난 굉장한 언니라는 찬사도 못 받는 걸까? 인생을 변화시킬 대단한 조언을 받은 사람이 그걸 별로 고마워하지 않는 느낌이 드는 건 왜일까?"

"고마워, 언니. 완전 고마워. 근데……."

언니는 시간을 확인해보더니 그만 가려는 것 같았다. 여기 더

13

있을 마음이 전혀 없어 보였다.

"야, 우편물 아직 안 왔니?"

내가 미처 대답할 새도 없이 언니는 벌써 현관을 나가서 우편함에 팔을 깊숙이 집어넣었다. 언니는 카탈로그와 고지서, 이것저것 허섭스레기를 뒤적거리더니 한숨을 쉬고는 몽땅 우편함에 도로 집어넣었다.

"뭐 찾는 거 있어?"

"전혀! 아니, 그래, 있어!"

언니가 새된 소리를 질렀다. 그러고는 목소리를 가라앉히고 내 뺨을 꼬집으며 말했다.

"내 말은, 네 일이나 신경 쓰시라구요, 중1 꼬마 아가씨!"

언니는 파인빌에 너무 오래 있었다 싶은지 갑자기 신경이 날카로워졌다. 자기가 집에 왔다는 걸 부모님이 알아차리기 전에 대학으로 돌아가고 싶어 안달인 게 분명했다. 언니는 대학을 너무 사랑하는 나머지 졸업도 않고 5년째 대학을 다니고 있다.

"난 그냥 이 카드 뒤에 적힌 게 뭐든, 그게 어떻게 인생을 변화시킬 수 있을지 상상이 안 돼서."

언니는 금발머리를 이쪽 어깨에서 저쪽 어깨로 탁 넘겼다.

"지금 내 권위에 도전하겠다는 거니? 난 파인빌 중학교 졸업앨범에서 가장 인기 있고 아름답고 완벽한 퀸카로 뽑혔던 사람이

14

야. 내가 그 방면의 전문가가 아니라면 그럼, 누군데?"

그건 확실히 맞는 말이었다. 난 언니를 따라 현관을 나간 뒤 언니를 따라 진입로를 지나서 언니를 따라 언니 남자친구의 자동차까지 갔다. 그때는 언니를 따라서라면 어디든지 가야 할 것 같았다. 언니는 그 정도로 사람들에게 영향력이 있었다. 언니의 조언을 따르면 *나도* 사람들에게 이런 영향력이 생길까? 인기가 있다는 게 바로 이런 건가?

"언니, 혹시…… 일기 같은 건 안 썼어? *어떻게 하면 된다고 적어…….*"

언니는 억지웃음으로 내 말을 잘랐다.

"퀸카는 일기 같은 거 안 써. 왜냐? 인기를 누리기만도 너무 바빠서 퀸카 되는 방법 같은 걸 끄적거리고 있을 시간이 없거든."

언니는 차문을 열고 운전석에 앉으며 말했다.

"퀸카는 존재 자체가 매력적인 읽을거린데 쓰긴 뭘 쓰니?"

사실 난 중학 1학년의 시작이라는 역사적인 사건을 기록하려고 일기장을 살까 생각 중이었는데 언니 덕분에 1.99달러를 아끼게 되었다.

"그냥 내 조언을 따르고 네가 누군지만 기억해."

언니는 백미러를 보고 머리를 매만지면서 귀에 익은 똑 부러지는 목소리로 말했다.

"넌 달링이야."

"난 달링이다."

"달링은 찌질이가 아니야!"

그러고 나서 언니는 선글라스를 끼고 진입로를 후진해 나갔다.

그런데 웃기는 건 이거다: 난 단 한 번도 중1 찌질이가 될까 봐 걱정한 적이 없다는 사실. 언니가 그렇게 말하기 전까지는 말이다.

베다니 달링의 '퀸카의 조건'

인기와 아름다움 & 완벽함을 보장하는 지침

I. 날마다 다른 옷을 입어야 한다.

2. 반드시 들어가야 한다, 응원단!!!

3. 첫 남자친구를 잘 골라야 한다.

4. 잘나가는 때거리에 붙어 다녀야 한다.

이거였다.

이게 '퀸카의 조건'이라고?

파인빌 중학교 응원단!!! 여행계획표의 뒷면에 새빨간 립라이너

로 적은, 얼룩진 스무 단어('!!!'도 한 단어로 쳐서)가 '퀸카의 조건'이

라고?

문득 브리짓이 해줬던 끔찍한 눈썹 뽑기 강습이 떠올랐다: 정말 간단하지만 아직은 과감하게 따를 수 없다는 점에서 둘은 비슷했다.

'퀸카의 조건'을 머리에 새기기 시작한 지 10초나 됐을까? 진입로의 자갈을 걷어차며 걸어오는 단짝친구의 발소리가 들렸다. 난 언니의 낡은 계획표를 〈아웃사이더〉 속에 얼른 숨겼다. 〈아웃사이더〉는 1학년 신입생 모두가 여름방학 동안에 읽어야 하는 소설이다. 난 벌써 한 번 읽었지만 좀 더 생생하게 기억하고 싶었다. 선생님들은 새 학년 첫날에 퀴즈를 내서 누가 우등생이고 누가 꼴통인지 바로 알아내려 한다고 들었기 때문이다. 1학년 영재반에 꼴통이 있을 것 같지는 않지만.

아무튼 〈아웃사이더〉는 1960년대를 배경으로 잘나가는 아이들과 찌질한 아이들 사이의 갈등을 다루고 있다. 이 소설을 보아 하니 옛날 사람들도 인기에 집착했던 모양이다. 그리고 이 주제는 내 인생에서도 엄청나게 중요한 문제로 새롭게 떠올랐다. **1학년이 되기 전 여름방학의 마지막 날, 언니가 내 머릿속을 온통 엉망진창으로 휘저어놓은 순간부터 말이다.**

오늘은 브리짓이 중학교 입학 걱정으로 안달복달하는 마지막 날이 될 것이고 그 조바심은 아마도 오늘 정점을 찍을 거다. 브리짓은 긴장하면 새하얀 피부가 빨개지는데, 아니나 다를까, 마당을 가로질러 달려온 브리짓의 얼굴은 흐드러진 백일홍처럼 새빨갰다. 브리짓은 인사도 없이 바로 본론으로 들어갔다.

"네가 성을 바꾸기엔 너무 늦었을까?"

브리짓이 언니와 나의 대화를 길 건너편에서 주워들은 건가? 하긴 언니의 목소리가 크고 또렷하기는 했다.

넌 달링이야. 달링은 찌질이가 아니야!

브리짓은 허리까지 오는 긴 금발머리를 신경질적으로 땋았다 풀었다 하면서 얘기를 늘어놓았다.

"생각해봤는데 네가 성을 바꾸면 어떨까? M으로 시작하는 걸로. 그럼 적어도 홈룸(homeroom. 출석 확인이나 전달 사항 안내 등을 위해 등교하면 모이는 교실:옮긴이) 시간엔 같은 반이 될 수 있잖아!"

휴우. 그러니까 브리짓이 언니의 말을 들은 건 아니었다.

"제시카 **만링**도 괜찮은 것 같은데!"

삶이 시작되는 순간부터 브리짓과 알고 지낸 사이인데도 난 여전히 브리짓이 지금 농담을 하는 건지 아닌지 도통 알 수가 없다.

"네 성을 바꾸지 그래?" 난 되물었다.

브리짓의 성(밀호코비치)은 절대로 정확하게 발음할 수 없다. 브리짓은 여러 가지 다양한 발음(밀-혹-오-비치, 미일-호우-코우-비치, 밀-혹-오-루기)에 다 대답한다. 브리짓조차 자기 이름을 정확하게 발음할 수 있을지 의심스럽다.

"엄마가 방금 이걸 새겨주셨어."

브리짓은 어깨에서 가방을 내려 보란 듯이 내 얼굴 앞에 들이밀었다. 진분홍 캔버스 천에 연분홍색으로 BMB(브리짓 밀호코비치의 머리글자:옮긴이)란 글자가 수놓아져 있었다.

"괜찮지 않니? 새 학교, 새 이름, 새로운 너!"

브리짓은 긍정적인 대답을 바란다는 듯 활짝 웃었다. 난 브리짓의 치아교정기에 반사된 햇빛 때문에 눈이 부신 척했다.

"입 다물어. 교정기 빛나니까."

난 살인적인 기운을 뿜는 치아교정기로부터 나를 지키기 위해 몸을 공처럼 말았다. 브리짓은 앙갚음으로 내 엉덩이를 찼다. 그러곤 잠시 유치하게 낄낄대더니 몹시 심각한 얼굴로 걱정스럽게 말했다.

"너랑 같이 듣는 수업이 하나도 없으면 어쩌지? 내가 이렇게 멍청하지만 않았어도!"

"브리짓! 넌 멍청하지 않아!"

난 지금껏 억만 번도 넘게 이 말을 했다.

"좋아, 난 멍청하지 않아. 딱 2점이 모자라서 영재반에 못 들어갔지. 하지만 너랑 수업을 같이 못 듣게 됐으니 그 정도면 엄청난 점수차인 거지."

에휴.

브리짓과 난 파인빌 중학교 영재반에 들어가려고 시험을 쳤다. 난 합격했지만, 불행히도 브리짓은 커트라인에 2점이 모자랐다. 2점! 브리짓 엄마는 학교에 전화를 걸어 예외로 해달라고 부탁했다. 하지만 정원이 제한되어 있었고, 그래서 안 됐다.

2점 부족 사건은 브리짓이 중학 생활에 겁을 먹는 주된 이유 중하나였다.

난 브리짓과 달랐다. 난 친구를 사귀는 데 전혀 문제가 없으니까. 중학 생활의 핵심은 바로 그 문제 아닌가? 새 친구를 사귀면서 옛 친구를 유지하기!

"만약에 아무도 나한테 말을 안 걸면 어떡해? 그럼 난 누구한테 말을 걸지?"

브리짓의 얼굴엔 걱정이 가득했다. 브리짓의 풀죽은 목소리로 보아 더 이상 농담할 때가 아니었다. 게다가 브리짓은 화상이라도 입은 것처럼 온몸이 빨갰다. 난 이제 더 이상 내일 일이 걱정되지 않지만 단짝친구를 다독여줄 필요가 있었다.

불행하게도 이건 내가 잘하는 일이 아니다. 사실 남을 달래고 북돋우는 능력을 타고난 사람은 브리짓이다. 엄마의 증언에 따르면 우리가 젖먹이였던 무렵부터 내가 짜증내고 이유 없이 울면 브리짓은 자기 고무젖꼭지, 아기용 컵, 심지어 가장 아끼던 헝겊문

어까지 나한테 주곤 했단다. 난 늘 브리짓이 주는 걸 뭐라도 받고 나서야 잠잠해졌고, 이런 식으로 우리는 14년 동안 우정을 이어왔다.

이제 내가 브리짓을 북돋워줄 차례였다. 브리짓에겐 중학 생활의 시작이 3년 전 부모님의 이혼만큼이나 충격적이고 당황스러운 것 같았다. 하지만 그때도 내가 브리짓을 도와줬으니까 이번에도 할 수 있을 거다. 그렇겠지?

"걱정 마. 최소한 하루에 두 번은 만나게 될 거야. 아침 등교할 때, 그리고 오후 하교할 때 스쿨버스에서."

내가 약속하자 브리짓이 웃었고 얼굴빛이 가방에 새겨진 BMB와 어울리는 연분홍색으로 밝아졌다. 성공이다. 내가 브리짓의 기분을 나아지게 해준 거다.

"브리짓, 우린 길 하나를 사이에 두고 언제나 함께 살아왔잖아. 얘기하고 싶으면 언제든 우리 집에 오면 돼."

그러고 나서 난 브리짓의 엉덩이를 걷어찼다. 내가 얼마나 진심으로 브리짓을 걱정하는지 보여주려고.

3장

날마다 다른 옷을 입어야 한다

마음이 충분히 가라앉았는지 브리짓은 그후 30분 동안 사진을 보여주며 프레젠테이션을 했다. 주제는 1학년 첫날을 위한 패션 선택이었다.

우리는 아빠의 사무실, '첨단기술 집합소'라고 불리는 곳에 있었다. 용도와 관계없이 '최첨단'이라고 불리는 기계라면 뭐든지 다 우리 아빠한테 있었다. 아빠는 내가 기술 혁신과 관련된 모든 일에 무관심한 것을 도무지 이해하지 못했다. 아빠는 하루 종일 컴퓨터에 얽힌 문제를 해결해주고 돈을 번단다. 하지만 맹세컨대 아빠는 틀림없이 공짜로 해주고 있다. 내 생각에 아빠는 사람보다 컴퓨터를 더 좋아하는 것 같다.

어쨌거나, 브리짓은 대형 화면 앞에서 헤어스타일, 윗도리, 아랫도리, 신발의 무한 조합을 보여주면서 가장 멋진 조합이 무엇인가에 대해 의견을 늘어놓았다.

"그래서 이제 거의 백 퍼센트 확실하게 얘들로 후보가 좁혀졌어. 헤어스타일 이거 네 가지랑 윗도리 이거 네 개, 아랫도리 이거 네 개, 그리고 신발은 이거 네 켤레!"

브리짓의 결론에 수학적으로 문제가 있다고 지적하고 싶지는 않았다. 하지만 브리짓이 고른 네 가지를 조합하면 무려 256개의 옵션이 나온다. 거기다 액세서리까지 보탠다면 옵션은 천 개를 훌쩍 넘을 거다.

브리짓은 내가 뭘 입을 건지는 물어보지도 않았다. 왜냐고? 난 딱 한 가지 옵션밖에 없기 때문이다. 티셔츠와 청바지. 엄마가 나를 쇼핑몰로 데려갔을 때다. 어떤 꽃무늬 치마를 두고 '정말 예쁘다'(엄마 표현)와 '못 봐주겠네'(내 표현)라는 각자의 소감을 말한 뒤 '격렬한 토론'(엄마 표현) 또는 '일방적 승리'(내 표현)라고 할 만한 대화를 나누었다. 그러고는 엄마가 찬성하는 색깔과 무늬로 새 티셔츠와 청바지를 사왔다. 내가 패션에 무관심하다는 사실은 엄마에게 엄청난 수수께끼이자 실망거리였다. 아무튼 1학년 첫날의 내 패션은 변함없이 티셔츠에 청바지라는 걸 우리 모두 알고 있었다.

단, '퀸카의 조건' 1번이 떠오르기 전까지만.

1. 날마다 다른 옷을 입어야 한다.

내 옷장에는 '다른 옷'이라고 할 만한 게 없다. 내 옷은 몽땅 쇼 핑몰에서 사온 것이니까. 몰에서 파는 옷의 핵심적인 특징은 동 일성이다. 몰에서 산 옷을 입으면 옷차림이 이상하다고 손가락질 받지 않는다는 걸 알기 때문에 우리는 몰에서 옷을 산다. 그걸 아 는 다른 많은 여자애들도 몰에서 똑같은 옷을 산다. 그런데 언니 가 나한테 '다른 옷'을 입으라고 했다면 색다름이 인기에 긍정적 인 영향을 준다는 결론이 나온다. 언니는 정말로 묻히지 말고 튀 라고 하는 것일까?

내가 알기론 이건 언니답지 않은 말이다. 전혀. 하지만 언니는 모두가 인정하는 중학교 퀸카였고 난 분명 퀸카와는 한참 거리가 멀다.

"제시카! 내 말 듣고 있는 거야?"

"당연하지. 저거네! 반올림머리에 줄무늬 민소매, 7부 바지, 슬 립온(끈이나 죔쇠가 달려 있지 않은 신발:옮긴이). 진짜 멋지다."

내가 말을 잘한 게 분명하다. 브리짓이 내 말에 안도의 숨을 크 게 쉬었으니까. 자, 적어도 우리 둘 중 하나는 1학년 첫날의 패션 문제를 해결했다.

브리짓한테 '퀸카의 조건'과 내 빈약한 옷장이 낳은 심각한 위기에 대해 말하려는 찰나, 아빠가 클랙슨을 빵빵거리며 나를 부르는 소리가 들렸다. 난 브리짓한테 투덜거렸다.

"어휴. 너, 빨리 가는 게 좋겠다. 안 그럼 너도 짐을 날라야 할 테니까."

틀림없다. 우리 집에서 하도 시간을 많이 보내다 보니 우리 부모님은 브리짓도 친딸처럼 막 대한다. 그런데도 브리짓은 전혀 그렇게 느끼지 않는다. 브리짓은 성가시게 구는 엄마 아빠가 둘 다 있는 게 얼마나 큰 행운인지 고마운 줄 알라고 나한테 늘 말한다. 그럴 때면 난 입을 다문다. 브리짓이 자기 부모님의 이혼에 대해 눈치를 줄 때면 늘 그러듯이. 그런 일이 자주 있는 건 아니다. 브리짓은 남들을 언짢게 만들고 싶어 하지 않으니까. 우리 부모님은 브리짓의 그런 긍정적이고 낙천적인 성격을 마냥 좋아하고 나한테도 이 점을 콕 집어 말한다. 그것도 나를 짜증나게 만드는 일이다.

"안녕하세요! 근데 저, 그만 가봐야 돼요. 오늘은 중요한 날이니까요!"

브리짓은 가방을 둘러메고 유난히 환한 웃음을 날리며 열린 창문으로 손을 흔들었다. 하긴 브리짓은 우리 부모님을 볼 때면 늘 부모님 못지않게 반가운 얼굴을 한다.

"그래, 아주 **중요한** 날이지! 할 일이 정말 많을 거야!"

26

엄마가 공감한다는 듯 큰 소리로 말했다.

"중학생이 되기 전 마지막 날이구나."

아빠가 하나 마나 한 소리를 했다. 애들한테 뭐라고 말해야 할지 모르는 아빠들이 대개 그러듯이.

난 브리짓이 깡충깡충 뛰면서 길을 건너 집으로 가는 모습을 바라봤다. 몇 분 전만 해도 그렇게 심각하던 사람답지 않게 신기할 정도로 편안해 보였다. 친구한테 기운을 북돋워주는 내 재능도 제법 쓸 만한가 보다.

"엄마가 물건 나르는 거 좀 도와라, 그냥저냥."

'그냥저냥'은 아빠가 나를 부르는 별명이다. 제시카 '그냥저냥' 달링. 하하. 난 질색하는 척하지만 솔직히 나한테 잘 어울린다. 달링(귀염둥이)은 세상을 살아가기에 진짜 힘든 이름이다. 언니가 준 '퀸카의 조건' 못지않게. 약간만 덜 사랑스러운 이름으로 바꾸고 싶은 유혹이 얼마나 큰지 여러분은 모를 거다. 제시카 디서포인팅(실망스러운), 제시카 더(쯧쯧), 제시카 도크(얼간이) 등등.

"얼른 와, 거의 다 네 거라는 거 알잖아."

엄마가 달래듯 말했다.

'퀸카의 조건' 걱정에서 벗어날 수 있어 차라리 다행이었다. 하지만 난 발을 질질 끌면서 최대한 느릿느릿 움직였다. 그래야 의자에서 나를 끌어내는 게 대단히 힘든 일이라는 걸 부모님이 아실 테니까. 부모님이 지금은 물론 앞으로도 필요하면 언제든지 나를 마음대로 부려먹을 수 있다고 생각하게 만들면 안 된다.

그런데 가만 보니 우리 부모님은 이미 나를 마음대로 부려먹고 있다. 그냥 내 이론이 그렇다는 말이지.

부전여전

많이 안 먹어서 문제인 누군가의 개학을 맞아 사온 음식들 앞에서 엄마는 아주 신이 났다.

"네가 사오라고 한 초콜릿칩 쿠키 대신 맛이 풍부한 이 크랜베리 그래놀라 바를 사왔어. 또 네가 사오라고 한 달콤한 시리얼 대신 영양이 풍부한 이 곡물 플레이크를 사왔지. 그리고 네가 사오라고 한 탄산음료 대신 미네랄이 풍부한 이 탄산수를 사왔고……."

그러면서 꺼내놓는 나머지 음식들도 죄다 마찬가지였다. 내가 사오라고 하지도 않았고 원하지도 않는 '뭐가 풍부한' 끔찍한 것들.

"아까 언니가 왔다 갔어요."

난 역겨운 브리 치즈 냄새에 움찔하며 말했다. 저건 틀림없이 내가 요구한 체다 치즈의 대용품이겠지.

엄마는 대용량 유기농 녹차 상자를 테니스화 위에 떨어뜨릴 뻔
했다.

"베다니가 왔었다고? 몇 주 전에 수업이 시작되지 않았니? 수업
에 안 들어갔단 말이야? 도대체 차를 몰고 돌아다닐 기름값은 어
디서 났대? 왜 나나 아빠한테 말 안 했다니? 왜 더 안 있고 가버
렸는데?"

엄마, 제발. 이런 지긋지긋한 심문을 받을 게 뻔한데 언니가 꾸
물거리고 있을 리가 없잖아요.

아빠가 마지막 꾸러미를 들고 부엌으로 들어왔다.

"다르!"

이건 엄마가 아빠를 부르는 애칭이다. 분명히 달링을 줄인 거겠
지만 내 귀에는 마치 원시인의 이름처럼 들린다.

"다르! 베다니가 아침에 왔었대요!"

아빠는 쇼핑백을 떨어뜨릴 뻔했다.

"베다니가 왔었다고? 몇 주 전에 개강하지 않았어? 수업에 안
들어갔단 말이야? 드라이브를 즐길 기름값은 어디서 났길래? 왜
우리한테 말 안 했대? 왜 더 안 있고 가버렸지?"

우리 부모님이 어떻게 보일지 알 만하다. 유난스럽고 깐깐하고
눈치 없고 꽉 막혔다고 생각해도 괜찮다(나도 그렇게 생각하니까).

하지만 두 분은 서로 천생연분이다.

아주 잠깐 언니가 우편물을 뒤진 걸 말할까 하다가 생각을 바꾸었다. 언니 일은 언니가 알아서 하겠지.

"나 보러 왔대요. 중학교 들어가기 전에 나한테, 말하자면, 언니로서 인생을 변화시킬 조언을 해주려고요."

그러자 아빠가 너털웃음을 터뜨리더니 중얼거렸다.

"차라리 동생으로서 인생이 변화되도록 학교나 마치라고 언니한테 조언하지 그랬냐."

엄마가 속상한 표정을 짓더니 슈퍼마켓 광고지로 아빠의 어깨를 때렸다.

"다르, 베다니는 전공을 바꿨어요. 전공을 바꾸고도 4년 만에 졸업하길 바라면 안 되죠."

엄마는 항상 언니를 감싸고돈다. 다행히 아빠는 십중팔구 내편이다. 이런 편 가르기는 외모에서 비롯된 것 같다.

엄마와 언니는 둘 다 금발에 푸른 눈, 작지만 볼륨 있는 몸매를 가졌다. 내가 보기엔 딱 좋은 몸매인데 둘은 늘 자기가 너무 뚱뚱하다고 투덜댄다. 엄마는 오션카운티 곳곳의 앞마당에 세워진 부동산 광고판에 자기 사진이 실리기 때문에 외모 관리가 중요하다고 말한다. 엄마 말로는 '직업적인 부담'이라나 뭐라나. 하지만 그걸로는 외모에 엄마보다 더 집착하는 언니를 설명할 수가 없다.

언니는 직업이 없으니까. 엄마와 언니를 보고 내가 알게 된 건 이 거다. 예쁜 사람일수록 자기 외모에 대해 더 많이 걱정한다는 것. 이건 진짜 어이없는 일이다.

아마 이런 생각을 하는 것도 내가 아빠를 더 많이 닮아서 그런 것 같다. 우리는 검은 머리(아빠는 몇 올 안 남았지만)에 갈색 눈, 큰 키에 삐쩍 마른 몸, 흐느적거리는 앙상한 팔다리를 갖고 있다. 아름다움은 내가 많이 생각하는 주제가 아니다. 왜냐하면 생각할 다른 주제가 너무 많아 바쁘기 때문이다. 뭔가 생각하는 것이 나의 중요한 취미다. 취미라고 하기엔 좀 그렇지만. 뭔가 생각하기는 무용이나 축구나 공예 같은 평범한 취미들과는 다르다. 무용이라면 공연을 봐주고 축구라면 응원을 해주고, 공예라면 아이스바 막대기 같은 걸로 만든 새집을 보고 "오~~!"나 "야~~!" 같은 감탄사를 뱉으며 반응해줄 수 있다. 하지만 뭔가 생각하기라는 취미는 보여줄 게 없다. "여기, 지금 제 머릿속에서 벌어지는 일들을 한번 보세요!"라고 할 수는 없으니까. 그래서 여가시간에 뭘 하느냐고 누가 물으면(그 사람은 거의 어른인 게, 그런 질문은 딱 어른들이 좋아하는 스타일이거든) 그냥 독서를 좋아한다고 대답하는 게 낫다. 그러고 나서 책꽂이에 꽂힌 책들을 가리키면 끝이니까.

난 주로 이런 생각을 한다. 그것도 많이.

그럼 다른 종류의 생각으로는 어떤 게 있지? 대답하기가 어렵다. 뭔가 머릿속에 팍 떠오르면 그 생각이 꼬리에 꼬리를 물고 이어져 멈추기가 어렵다. 내가 하는 생각에는 크게 두 종류가 있다. 심오한 생각과 허접한 생각.

예를 들면, 며칠 전 아침에는 꿈속에 등장한 배경 인물들에 대해 궁금해하며 잠이 깼다. 그러니까, 현실에서 내가 알지도 못하고 의식한 적도 없는데 내 꿈속에 나타난 사람들 말이다. 이런 사람들은 내가 상상해낸 것일까, 아니면 정말로 어딘가에 존재하는 사람들일까? 현실에서, 이를테면 쇼핑몰 같은 데서 내가 한 번쯤 본 사람들일까? 내 두뇌가 이 사람들의 이미지를 포착해두었다가 나중에 꿈속에서 엑스트라로 써먹는 것일까? 아니면 이 세상 어딘가에 존재하지만 한 번도 보거나 만난 적이 없는 이 사람들과 내가 잠재의식 깊숙이에서 서로 연결되어 있는 것일까?

이건 심오한 생각으로 제법 괜찮은 예다.

그럼 허접한 생각으로는 어떤 게 있을까? 한 번은 내가 좋아하는 아이스크림 맛의 순위를 매기면서 한 시간이나 보낸 적이 있다 (1등은 쿠키 도우 맛이었다).

아빠도 나처럼 생각이 많은 사람이다. 아빠의 대머리 위로 땀이 송골송골 맺히고 있다면 그건 아빠가 골똘히 생각하고 있다는 증거다.

"베다니가 꼭 전공을 바꿀 필요가 있었을까? 그것도 3학년 2학기에? 게다가 '홍보'에서 '이미지 마케팅'으로 바꿨다고? 난 둘의 차이를 모르겠는데. 그냥저냥, 넌 어휘력이 풍부하잖아. 넌 '홍보'와 '이미지 마케팅'의 차이를 알겠냐?"

나도 '홍보'와 '이미지 마케팅'의 차이를 이해할 수 **없었다**. 그래서 혼자 내 방에 가서 알아보겠다고 얼른 둘러댔다.

말은 그렇게 했지만 난 언니한테 전화를 걸 속셈이었다.

5장
언니의 옷장

언니가 인생을 변화시키는 조언에 대해 자세한 설명을 요구하지 말라고 한 건 안다. 혼자서 그 의미를 고민하는 것이 과정의 일부라는 것도 확실히 들었다. 하지만 언니와 마지막으로 대화를 나눈 뒤 적어도 90분은 지났으니까, 언니도 내가 쓸데없이 성가시게 군다고는 생각하지 않을 거다.

내가 잘못 생각했다.

언니는 "여보세요" 대신에 이렇게 말했다.

"인생을 변화시키는 조언에 대해 자세히 설명해달란 말은 꺼내지도 마. 그 의미를 고민하는 것도 과정의 일부라고 내가 분명히 말해줬으니까."

난 우물거렸다.

"어, 근데, 저기, 1번부터 도무지 감을 못 잡겠어서 말이야. 날마다 다른 옷……."

언니가 한숨을 얼마나 크게 쉬는지, 전화기가 없어도 멀리 다른 주(州)에서 살고 있는 언니 한숨 소리가 들렸을 거다.

"나, 엄청 바쁜 사람이라서 시간 조정하기도 힘들어. 왕성한 사회활동에 이성교제에 여학생클럽의 일원으로서 활발한 봉사활동까지……."

"학문적인 활동도 있잖아. 수업도 들어가야 되지?"

"그래, 맞아. 그렇지."

언니는 건성으로 대답했다.

"그러니까, '퀸카의 조건'은 너 스스로 알아서 멋지게 활용해봐. 너 자신을 믿고."

나 자신을 믿어라? 이런. 난 내가 중학교 생활을 잘 해낼 거라고 믿었다. **언니가 내 머릿속을 휘저어놓기 전까지는.**

"더 중요한 거! 언니를 믿으렴."

언니를 믿어라? 내가 언니를 안 믿으면 도대체 누굴 믿는다고 생각하는 거야? 난 인기를 얻고 싶은 마음은 꿈에도 없다. 오직 찌질이가 되지 말라는 언니의 당부를 지키기 위해 노력하고 싶을 뿐이지. 모두의 우상인 베다니 여신이 달링이란 이름을 찌질하게 만들지 말라고 나한테 분명히 말했으니까. 맞잖아?

맞지?

36

"틈틈이 내가 네 상태를 점검해줄게. 그동안 도움이 될 테니 내 옷장을 찾아봐. 아! 엄마 아빠한테 내 계좌에 돈 좀 더 부쳐달라고 전해줘. 살 게 있어서 그래. 뭐, 책이랑 그런 거. 그럼 고마워, 잘 있어!"

그렇게 언니는 나한테 모든 걸 맡겼다.

자기 옷장도.

언니의 옷장이라니! 언니 방에 있는 옷장!

언니 방은 내 방 바로 옆이지만, 지구 반대편에 있는 거나 다름없다고 해도 뻥은 아니다. 언니는 항상 사생활 보호에 유난을 떨었다. 난 평생 **언니 방에 절대 발도 들여놓지 말 것!**이라는 경고를 받으며 살았다. 언니는 내 나이였을 때 이웃의 괴짜를 고용해 진짜로 아기용 덫을 설계하고 설치했다. 그 덫은 빨래바구니와 고무밧줄, 말하는 곰 인형으로 이루어져 있었다. 그때 난 걸음마를 배울 무렵이어서 **꺼지든지 죽든지** 정도는 구분할 수 있었다. 이 경고는 언니가 대학에 가 있는 지금까지도 유효하다. 언니가 여전히 대놓고 협박하거나 하지 않는데도 말이다. 이건 그냥 습관이다. 아니면 생존본능이거나.

언니의 옷장에 접근 허가를 받는다는 건 말하자면, 정말 있을 수가 없는 일이다. 그래서 오히려 흥분과 두려움으로 속이 울렁거렸다. 언니가 이걸 허락했다는 건 중학교의 시작을 그만큼 중요하게 생각한다는 뜻이다. 그러니까 난 '퀸카의 조건'을 특별히 엄격하게 지켜야 하는 거다. 그럼에도, 난, 아무래도, 언니 방의 문을 열기가 심히 조심스러웠다. 난 손잡이에 손을 얹고 머뭇거렸다. 왜냐, 그렇다, 난 피해망상에 살짝 사로잡혀 있기 때문이다. 이건 언니가 나를 시험하려는 것일 거야. 어쩌면 방 안에 전기 울타리 같은 게 설치돼 있을지도 모르지. 개가 화단에 오줌 싸는 걸 막으려고 설치해놓는 그런 것 말이다.

만약 아무것도 모르는 부모님이 끼어들지 않았다면 난 아직도 겁먹은 채로 방문 앞에 서 있었을지 모른다.

"그냥저냥, 엄마가 빨래하는 거 좀 도와드려."

"이거, 거의 다 네 거라고!"

부모님이 나를 찾아 언니 방으로 올 가능성은 제로였다. 난 손잡이를 잡고 문을 열어젖힌 후 스르르 방으로 들어갔다. 지금 당장은 색깔 옷과 흰색 옷을 구분하는 노동에서 해방된 거다.

언니 방은 엄청나게 많은 사진으로 꾸며져 있었는데 사진의 주인공은 모두…… 언니였다. 응원단!!! 유니폼을 입은 언니, 동창회 퀸인 언니, 크고 빨간 플라스틱 컵을 들고 있는 언니, 여학생클럽 체육복을 입은 언니. 사진마다 다른 여자와 남자들이 언니를 둘러싸고 있었지만, 모든 사진의 초점은 언제나 언니, 언니, 또, 또, 또 언니였다.

언니는 정말 예쁘다. 내가 얘기했던가? 그리고 사진 속의 수많은 남자와 여자 친구들로 보아 언니는 역시 인기도 많다. 그러므로 (졸업앨범 위원회의 확고부동한 결정에 따르면) 언니는 완벽하다.

언니가 이 방에서 마지막으로 잔 지 일주일도 넘었는데 아직도 언니의 향기가 느껴졌다. 화학물질과 섞인 꽃 냄새 같은 뽀송뽀송한 향기. 언니가 새로 한 '폭탄 맞은 금발' 염색약 냄새일까?(언니는 "부분 염색!"이라고 우겼지만.) 내 방에도 나만의 향기가 있는지 궁금해졌다. 있다면 아마 내가 몰래 들여간 초콜릿칩 쿠키와 캡틴 크런치(설탕을 입혀 달콤하게 만든 시리얼:옮긴이), 그리고 콜라 냄새일 거다.

아무튼, 온통 베이지색인 언니의 방은 어떻게 보면 너무 밋밋했다. 그래서 마치 롤러코스터를 타는 것과 비슷한 실망감을 느꼈다. 두 시간 넘게 줄을 서서 기다려 10초 정도 타는 롤러코스터. 거기다 그 10초 중에 9초는 끔찍하게 재미없다.

이럴 때가 아니지, 집중해야 돼.

도움이 될 테니 내 옷장을 찾아봐.

옷장! 중학생의 패션과 관련해 내가 정말 알아야 할 모든 것은 이 옷장에서 배우게 될 거다.

난 옷장 문을 열었다. 그러자……

색깔들! 아주 많은! 너무 많은! 색깔들! 눈부신! 색깔들! 그리고

더 많은 색깔들! 또 무늬들! 체크무늬! 꽃무늬! 줄무늬! 물방울무 늬! 내가 알기론 페이즐리라고 부르는 꼬불꼬불한 무늬!

언니의 옷장은 방에서 그저 그런 다른 곳들과 비교하면 억만 배 는 맛이 간 상태였다. **도움이 될 테니 내 옷장을 찾아봐.** 도움이라 고? 하! 내게 필요한 건 멀미약이다.

난 숨을 크게 쉬고 옷이 잔뜩 걸린 옷걸이들을 이쪽에서 저쪽으 로 끵끵대며 밀었다. 1학년 첫날에 내가 입을 만한 완벽하게 '다 른' 옷 하나, 보라색 새틴 턱시도재킷(연미복 대용으로 밤에 착용하는 예복 정장:옮긴이)이나 무지갯빛 줄무늬 맥시드레스(여자들이 입는 긴 드레스:옮긴이) 같은 것이 마침내 모습을 드러내길 바라면서. 난 천 천히 앞에서 뒤로, 왼쪽에서 오른쪽으로 옷들을 살펴봤다. 하지 만, 한 시간이 넘도록 찾아봤지만, 내가 입을 만한 건 하나도 없 었다! 난 피곤하고 화가 나서 옷장 옆 바닥에 털썩 주저앉았다.

"그냥 어떻게 하라고 말해주면 어디가 덧나냐?!"

핼러윈데이 때 몸에 착 달라붙는 옷을 입고 고양이처럼 분장한 언니의 사진에다 대고 난 소리를 질렀다.

좌절감에 벽에다 이마를 쿵 찧었던 것도 같다. 살짝. 그런데 그 정도로도 옷장 안에서는 옷사태가 일어날 만했던 모양이다. 내가 알기로 그 다음에 벌어진 일은 위쪽 선반에서 거대한 티셔츠 무더 기가 내 무릎으로 굴러 떨어졌다는 사실이다. 첫 번째 티셔츠가 나한테 혓바닥을 내밀고 있었다. **메~롱 메~롱.**

난 셔츠를 뒤집었다. 아하! 롤링스톤스였다.

두 번째 티셔츠는 **헬프!**라고 소리치고 있었다.

비틀스였다.

그렇다, 티셔츠에 있는 이 늙은 밴드들은 내게 익숙했다. 왜냐 하면 아빠가 차 안에서 구닥다리 록 음악을 틀어놓고 정지 신호 가 걸리면 기타 치는 흉내를 내면서 나를 놀리는 걸 즐기기 때문 이다. 다른 밴드들은 그저 알아볼 수 있을 정도였다. 벨벳 언더그 라운드, 핑크플로이드, 레드제플린 등등. 하지만 그런 건 별로 중 요하지 않았다. 이 티셔츠들은 진짜 같고 오래된 거라서 그런대로 멋있었다. 가장 중요한 건, 이 옷들은 쇼핑몰에 없기 때문에 학교 에서 **아무도 입지 않는다**고 장담할 수 있다는 사실이었다. 난 드 디어 날마다 '다른' 옷을 입을 수 있게 된 거다. 그리고 맛이 간 무 지갯빛 맥시드레스 같은 건 입을 필요도 없다! 우-후!

이 셔츠들 덕분에 난 '퀸카의 조건' 1번을 확실히 지킬 수 있게 됐다. 옷들을 간추리면서 이런 생각이 드는 걸 어쩔 수가 없었다. 1학년 동급생들을 끝장나게 뒤흔들어줄 준비가 이만큼이나 된 나 를 보면 언니가 얼마나 자랑스러워할까.

6장
브리짓의 대변신

중학교 첫날! 대단한 하루였다. 어디서부터 얘기를 시작해야 할까?

아무래도 부모님의 초특급 잠 깨우기 쇼부터 시작해야 할 것 같다. 이 쇼는 보통 엄마 아빠의 합동 공연으로 이루어진다. 아빠는 기타 치는 흉내를 내면서 아무렇게나 노래를 지어내 부르고 엄마는 그 노래에 맞춰 침대 주위를 돌면서 춤을 추는 거다.

"오-오-오! 내 사랑 그냥저냥, 그냥저냥 일어날 시간이군. 오-오-오!"

오늘은 **이제껏** 최고의 쇼였다. 브리짓이라면 좋아했을지도 모르겠다. 어쩌면 같이 노래하고 춤을 췄을지도 모르지. 하지만 난 브리짓이 아니다. 이럴 기운 있으면 다른 중요한 일에 쓰라면서 부모님을 방에서 쫓아냈다. 지금쯤 부모님은 블루베리 팬케이크와 베이컨으로 개학 첫날 초특급 아침식사를 만드는 데 그 기운을 쏟고 계실 거다.

부모님이 방에서 나가자 난 행운의 청바지를 걸쳤다. 그리고 내 무릎에 떨어졌던 옛날 티셔츠들 중에서 가장 멋지다고 생각되는 걸 입었다. 더 후(The Who)의 티셔츠인데 난 잘 모르는 밴드였다. 내 마음에 든 것은 밴드의 로고를 둘러싼 빨강, 하양, 파랑의 과녁이었다. 파인빌 중학교의 상징색이 바로 빨강, 하양, 파랑이다. 내 생각엔 대놓고 알랑거리지 않으면서도 애교심을 보여줄 수 있는 꽤 영리한 방법 같았다.

난 세수하고 이를 닦고 머리를 빗어서 말총머리로 높이 묶어 올렸다. 엄마는 열세 살이 될 때까지 연한 색 립밤 말고는 아무것도 못 바르게 했다. 난 불공평한 처사라고 항의했지만 사실 내겐 잘된 일이었다. 화장을 안 하니까 아무리 길어봤자 5분이면 몸치장이 끝나기 때문이다. 브리짓 같은 여자애들이 해뜨기 전부터 일어나 학교용 얼굴로 분장하고 있을 때 난 꿈나라를 헤매고 있어도 되는 거다.

하여튼, 내가 부엌 식탁에서 팬케이크를 세 개째 해치웠을 때 현관문 열리는 소리가 들렸다. 7시 20분 정각. 브리짓과 만나기로 한 시각이었다. 안 봐도 브리짓이다. 그때 기쁨에 겨운 엄마의 비명 소리가 들렸다.

"브리짓! 어쩜 머리를 이렇게 예쁘게 잘랐니!"

난 이게 무슨 소린가 싶어 뺨에 묻은 시럽을 잽싸게 손등으로 쓰윽 닦고 나서 현관으로 갔다. 진짜였다! 브리짓이 머리를 잘랐다! 머리가 진짜로 짧아져 어깨 위에 찰랑거렸다. 거기다 푸른 눈동자 위로 가지런히 자른 금발의 앞머리는 그야말로 예술이었다. 난 새로운 헤어스타일에 대해 할 말도 잊은 채 브리짓의 옷차림에 눈길이 갔다. 그건 어제 골라둔 게 아니었다. 민소매와 7부 바지, 슬립온 대신 브리짓은 좀 더 세련된 차림새로 옵션을 바꾸었다. 수를 놓은 탱크(소매가 없는 러닝셔츠 형태의 겉옷:옮긴이), 하늘거리는 치마, 그리고 스트래피 샌들(신등이나 발목에 가는 끈이 달린 샌들:옮긴이). 최종 결과는 **우~와~**였다.

엄마의 표현이 더 정확하겠다.

"밤새 훌쩍 큰 것 같아!"

엄마의 칭찬에 브리짓의 입이 귀밑까지 찢어졌다. 그러자 가장 극적인 변화가 드러났다. 이! 2년하고도 6개월 만에 처음으로 브리짓의 이를 보게 된 거다!

"브리짓! 치아교정기 뺐구나!!! 언제???"

"너, 깜짝 놀랐구나!!! 그럴 줄 알았지! 어제!!!"

브리짓은 웃지 않고는 못 배기겠다는 듯 너무나 **활짝** 웃고 있었다. 그걸 탓할 순 없다. 외모의 변신이 브리짓한테 필요한 자신감을 북돋아준 게 틀림없다. 브리짓은 1학년 첫날인데도 전혀 얼굴이 붉어지거나 초조해 보이지 않았다. 가방을 야무지게 둘러멘 브리짓은 파인빌 중학교를 단번에 사로잡을 준비가 되어 있었다!

"사진 찍을 시간!"

으~~~, 엄마 아빠는 억만 번도 넘게 우리 사진을 찍었다.

"앗싸!"

브리짓은 손뼉을 치며 환호했다.

"엄마 보여드리게 많이 찍어주실 거죠, 그쵸?"

이건 정말 쓸데없는 질문이다. 3년 전 브리짓의 부모님이 이혼한 뒤로 우리 부모님은 브리짓의 인생에서 중요한 순간을 모두 기록하는 일에 발을 들여놓았다. 브리짓 엄마는 그런 순간에 대개 일을 하고 있었기 때문이다. 사실, 우리가 스쿨버스 승강장으로 나서기 몇 시간 전부터 브리짓 엄마는 교대근무를 시작한다. 브리짓 엄마는 아침 특별 메뉴로 유명한 베이게이트 식당에서 웨이트리스로 일하고 있다. 어쨌든 우리 부모님이 브리짓의 삶을 기록하는 건 별로 어렵지 않았다. 4학년 때의 미술 전시회, 5학년 때의 밴드 연주회, 6학년 때의 졸업식까지. 왜냐하면 브리짓한테 가장 중요한 순간은 우리게도 가장 중요한 순간이었기 때문이다.

우리 부모님은 밀호코비치 씨와는 사진을 공유하지 않았다. 브리짓 아빠는 이혼한 뒤 캘리포니아에서 살고 있다. "그 사람은 양

육비 수표에 서명하는 걸 자기 딸보다 더 중요하게 생각하는 사람이에요." 식당에서 교대 근무를 마치고 포도주 한두 잔을 마신 토요일 밤이면 브리짓 엄마는 이렇게 말하곤 했다.

브리짓은 여름방학 대부분을 아빠와 보낸 뒤 엄청난 기념품을 가지고 돌아왔다. 서부 해안에 있는 동안 들렀던 근사한 곳들(유니버설 스튜디오, 디즈니랜드, 아카데미 시상식 전용 극장)의 기념품. 또 햇볕에 타서 물집 투성이가 되어 돌아왔는데 개학할 때쯤에야 다 나았다. 난 브리짓이 물집보다 기념품이 더 아프다고 말하는 걸 이해할 수가 없었다. 그러다 한 번은 브리짓 엄마가 우는 걸 목격했다. 브리짓이 미키마우스 인형, 할리우드 열쇠고리, LA 레이커스(LA를 연고지로 한 프로농구 팀:옮긴이) 티셔츠를 부엌 쓰레기통 깊숙이 넣었는데, 확실히 깊숙하게 넣지 않은 탓에 엄마 눈에 띄었던 거다.

브리짓은 이런 얘기에 늘 슬퍼했기 때문에 우리는 이런 얘기를 잘 하지 않았다. 브리짓이 원할 때만 이런 얘기를 하는데도 얘기를 하고 나면 브리짓은 많이 울었다. 난 아빠가 곁에 있는 게 행운인 줄도 모르고 아빠가 괴짜같이 군다고 불평한 것에 죄책감을 느꼈다. 알고 보면 우리 부모님은 진짜로 그렇게 나쁜 건 아니다. 다만…… 너무 **부모** 같아서 탈이지. 자기 부모를 다른 사람의 부모 보듯이 객관적으로 보는 건 아무래도 불가능하다.

"자, 브리 해봐!"

아빠가 소리치자 브리짓이 따라 했다.

"브리!"

프로 모델처럼 포즈를 잡는 브리짓 옆에서 난 뻣뻣하게 서 있었다.

"이번엔 고르곤졸라!"

"고르곤졸라!"

브리짓은 카메라 앞에서 웃는 게 최고로 재미난 일이나 되는 것처럼 굴었다. 더 이상한 일은, 부모님 앞에서 포즈를 잡고 잡고 또 잡는 동안 브리짓은 점점 더 자신감이 넘치는 반면, 난 점점 더 자신감을 잃어갔다는 거다. 마치 우주에 존재하는 자신감에 절대량이 정해져 있기라도 한 것처럼. 정말로 자신감이 일정한 양으로 우주에서 순환하고 있는 거라면 어떻게 되는 거지? 브리짓이 자신감을 많이 가지게 되면, 나 같은 나머지 1학년들이 나누어 가질 자신감은 줄어들게 되는 거다. 억지로라도 웃으려고 애쓰면서 난 속으로 생각했다. 위층에 올라가 몰에서 사온 좀 더 무난한 옷으로 갈아입어볼까? 브리짓이 입은 거랑 비슷한 걸 입으면 이런 패배감이 좀 줄어들까? 왜 난 헤어스타일을 새롭게 바꿔보지 않았을까? 하다못해 치아교정기라도 했더라면? 그랬다면 그걸 빼는 순간 내 이가 뿜는 황홀한 빛으로 파인빌 중학교 전체를 기절시

켰을 텐데! 도대체 내 이는 왜 이렇게 반듯반듯한 거람?

브리짓은 아직도 아빠의 치즈 타령(제시카 아빠가 사진을 찍으면서 말하는 단어들은 모두 치즈 이름이다:옮긴이)에 장단을 맞추고 있었다. 하! 한 번도 아니고 숱하게.

"'몬테레이 잭'!"

"몬테레이 잭!"

내가 '우주 한계 자신감 이론'에 확신을 가질 무렵 브리짓이 포즈를 잡다가 멈추고는 나를 보며 말했다.

"티셔츠 정말 멋지다! 나도 그런 거 입을 수 있을 만큼 대담하면 좋을 텐데!"

이래서 브리짓이 나의 **단짝친구**인 거다.

"브리짓, 너도 충분히 대담해. 정말이야."

그러고서 난 브리짓의 팔짱을 끼고 버스 승강장을 향해 나섰다.

씩씩하게. 당당하게. 대담하게.

함께.

7장
스쿨버스

파인빌 중학교로 가는 스쿨버스는 정말 엄청나게 시끄럽다는 점에서 다른 모든 스쿨버스와 비슷했다. 스쿨버스 기사에겐 선택적 듣기 능력이 필수적인 자질이다. 운전하는 내내 카르본 아줌마는 이쑤시개를 질겅질겅 씹으면서 뒤에서 일어나는 미친 짓들을 무시한 채 도로에만 집중하고 있었다. 내 생각에 아줌마는 완전히 넋이 나간, 꽥꽥거리는 아이들을 잔뜩 태운 버스가 아니라 할리데이비슨 오토바이를 타고 탁 트인 길을 달리는 공상에 빠진 상태 같았다.

그때 한 승객이 신성모독적인, 달리 말하면 몹시 부적절한 단어를 사용하자, 아줌마는 기적처럼 용케 그걸 알아듣고 고래고래 야단을 쳤다.

"야, 거기! '버스 안에서 욕하지 말자' 몰라?"

카르본 아줌마가 자기 몸 어딘가에 이 좌우명을 새겨놓았을 거라는 데 억만 달러를 걸어도 좋다.

고작 등교 첫날인데도 스쿨버스만의 그 특별한 냄새가 나를 강렬하게 사로잡았다. 고무 탄내, 도시락 썩는 냄새, 또…… 뭐랄까…… 겨드랑이 냄새라고밖에는 표현할 수 없는 그 냄새.

2학년들이 당연하다는 듯 버스 뒷자리를 차지했기 때문에 우리는 적당히 알아서 남은 자리를 골라야 했다. 브리짓과 난 버스 가운데쯤 비어 있는 2인용 좌석에 조용히 앉았는데 1학년에겐 꽤 괜찮은 자리였다. 브리짓이 없었다면 난 혼자서 과연 어디에 앉아야 했을까? 새삼 브리짓이 내 친구라는 사실이 고맙게 느껴졌다.

2학년 남자애들도 버스에 등장한 브리짓한테 역시나 고마워하는 게 분명했다. 걔들은 그 고마운 마음을 브리짓한테 알려주려고 엄청난 소란을 피우기 시작했다.

"어이, 비이 엠 비이!"

"헤이, 비이 엠 비이!"

"어이, 비이 엠 비이!"

말을 걸어보려는 이 깜찍한 시도를 브리짓은 무시했다.

내 또래의 남자애들은 지구상에서 가장 설명하기 어려운 생명체다. 애들은 자기들의 삶에 중요한 주제가 아니면 대화를 한 마디 이상 못 한다. 그리고 내가 알기로는, 남자애들의 삶에서 중요한 대화 주제는 다음 세 가지밖에 없다.

1. 스포츠
2. 비디오게임
3. 방귀

엄마는 내가 같은 반 남자애한테 홀딱 반하지 않는 걸 이상해 한다. 그건 말도 안 되는 소리인 게, 홀딱 반하려면 공감할 수 있는 뭐가 있어야 하는 거 아닌가.

버스 뒤쪽에서는 고함 소리가 계속되었다.

"헤이, 비이 엠 비이이!"

"어이, 비이 엠 비이이!"

"한 시간만이라도 우리가 수업을 같이 들으면 진짜 좋겠다."

브리짓의 말에 난 우물거렸다.

"어, 뭐라고?"

브리짓이 내 옆에 바싹 붙어 앉아 있는데도 도저히 대화에 집중할 수가 없었다.

"너, 탐구과목 1지망으로 생활과학 고른 거 확실하지?"

"헤이, 비이이이에에엠비이이이!!!"

"어이, 비이이이에에엠비이이이!!!"

더 이상 이대로 놔둘 순 없었다. 브리짓이 남자애들의 입을 틀어막을 무언가를(손을 흔들어주거나 웃어주거나) 뭐든 간에 해야 할

51

시점이었다. 아니, 그렇게 하면 오히려 더 부추기는 게 될까?

"브리짓!"

"왜?"

"쟤들!"

난 엄지손가락을 뒤로 젖혀 남자애들을 가리켰다.

브리짓은 BMB가 수놓인 가방 너머로 뒤를 돌아보더니 어깨를 으쓱한 뒤 나를 보고 해맑게 웃었다. 브리짓의 웃음은 태양이 천사 합창단을 거느린 채 구름을 뚫고 나오는 것 같았다. 바로 그때 난 문득 깨달았다. 브리짓은 카르본 아줌마처럼 걔들의 환호를 **못 알아듣는 초능력**을 발휘하고 있었던 게 아니다. 아니, 브리짓은 걔들을 완전히 무시하고 있었던 거다. 걔들이 이토록 열광하고 있는 대상이 **자기**일 거라곤 눈곱만큼도 생각하지 못했을 테니까. 난 갑자기 궁금해졌다. 혹시 나도 브리짓 같은 실수를 저질렀던 건 아닐까? **N**의 관심을 얻고 싶어 한 남자애들이 한 떼거리나 있었는데 내가 알아차리지 못해서 놓친 건 아닐까? '퀸카의 조건 3번: **첫 남자친구를 잘 골라야 한다**'를 성공적으로 수행하려면 정신 바짝 차리고 주위를 잘 살펴봐야겠다. 버스가 우리를 난생처음으로 파인빌 중학교 주차장에 데려다놓았을 때 난 이런 생각을 하고 있었다.

"드디어 도착했어!"

브리짓이 눈을 커다랗게 뜨고 흥분해서 소리쳤다.

우리가 버스에서 내릴 때 홈룸 시간을 알리는 첫 종이 울렸다. 중학교에는 시간 낭비라는 게 없나 보다. 나와 브리짓의 홈룸은 같은 1층이지만 서로 반대쪽이어서 건물 안으로 들어서자마자 작별 인사를 해야 할 상황이었다. 난 지각하면 어떤 일이 생기는지 진짜로, 정말로 알고 싶지 않았기 때문에 곧장 교실로 날아들 준비가 되어 있었다. 그때 브리짓이 내 두 손을 꼭 잡으며 말했다.

"만약 널 다시 못 만나게 되면⋯⋯."

브리짓은 복도 건너편이 아니라 바다 건너편에라도 가는 것처럼 말했다.

"하교 버스에 내 자리 맡아줘, 알았지?"

내가 미처 대답도 하기 전에 뒤쪽에서 2학년 하나가 앞으로 쓰윽 나왔다. 꼭 평가를 해야 한다면 내가 보기엔 그런대로 귀여운 축에 속했다. 까무잡잡하고 키가 크고 어깨가 떡 벌어진 것이 여름방학 내내 밖에서 뭔가를 던지고 받고 쫓아다니며 보낸 것 같았다. 그걸 증명이라도 하듯 그 남자애는 PJHS(Pineville Junior High School, 즉 '파인빌 중학교'의 머리글자:옮긴이) 로고가 새겨진 미식축구팀 티셔츠를 입고 있었다. 걔가 웃자 윗니 사이로 작은 틈이 드러났는데 그것 때문에 더 귀여워 보였다. 운동선수 타입을 좋아하는 사람이라면 무슨 뜻인지 알 거다. 하지만 난 운동선수 타입은 좋아하지 않는다. 하긴 나한테 좋아하는 '타입'이 있기나 한지도 모르겠지만. 아직 좋아하는 타입도 없으면서 어떻게 첫 남자친구를 잘 고르지?

"난 버크 로이야."

그 귀여운 운동선수가 브리짓한테 말을 걸었다.

"내가 하교 버스에 네 자리 맡아놓을게."

버크 로이는 **더 매력적으로** 보이기 위해 치과교정술을 받을 필요는 없어 보였다. 틈이 벌어진 치아로 만드는 버크의 따뜻한 미소에 브리짓은 그냥 녹아버렸다. 브리짓의 반응을 승낙의 신호로 받아들인 버크는 우리 사이로 걸어 들어왔다.

"난 그대를 환영하는 1인 위원회라오."

버크는 브리짓의 팔꿈치를 잡고 가면서 말했다.

홈룸 시간을 알리는 마지막 종이 울렸다. 난 버크가 브리짓을 교실로 경호해 가는 걸 지켜봤다. 브리짓은 심지어 나를 돌아보며 '안녕'이나 '잘해'라고 말하지도 않았다. 브리짓은 만난 지 고작 12초도 안 되는 이 남자애 때문에 12년 넘게 알고 지낸 단짝친구를 잊어버린 거다. 난 아직 홈룸에도 안 들어가봤지만 벌써 중학교에 관한 뼈아픈 진실 다섯 가지를 깨달았다.

1. 나의 단짝친구가 예뻐졌다.
2. 걔는 아직 그걸 모른다.

3. 머지않아 걔도 알게 될 것이다.

4. 그러면 우리 사이는 완전히 달라질 것이다.

5. 하지만 내가 어떻게 해볼 수 있는 건 아무것도 없다.

8장

새 친구

오늘은 우리 도시에 있는 네 군데 초등학교 출신 200명이 중학 1학년이 되어 처음으로 조화롭게 한데 뭉치는 날이다. 내가 다닌 파인빌 초등학교는 넷 중에 가장 작은 학교라서 중학교로 올라온 아이들이 겨우 20명밖에 되지 않는다. 100명이나 되는 비치파인즈 초등학교 출신들과 달리 난 친구도, 아는 얼굴도 거의 없었다. 난 이런 사회적 불리함에 좌절하지 않으려고 애썼다.

홈룸은 성(姓)을 기준으로 알파벳 순서에 따라 정해져 있었다. 102호 교실은 C의 뒤쪽 절반과 D와 E 전부, F의 앞쪽 몇 명으로 이루어져 있었다. '퀸카의 조건 4번: 잘나가는 패거리에 붙어 다녀야 한다'가 마음에 묵직하게 걸렸다. 난 긴장감을 느끼면서 같이 앉을 만한 '적당한' 사람을 찾아봤다. 그런데 어떤 여자애를 보기만 해도 '적당한' 사람이란 걸 알아차릴 수 있나?(아니면 남자애

일 수도 있겠지. 난 이성에게 조금 더 개방적일 필요가 있다.) 그래서 같이 앉을 사람을 스스로 결정하지 않아도 되는 걸 알았을 때 난 정말 안심이 되었다. 내 이름표가 붙은 책상이 내가 어디에 앉으면 되는지 가리켜주고 있었다. 왼쪽에서 두 번째, 앞에서 두 번째 자리.

내 자리로 가려면 첫째 줄에 앉아 있는 여자애를 지나쳐야 했다. 짙은 곱슬머리에 오늘 아침 브리짓이 입은 것과 아주 비슷한 옷을 입은 애였다. 하지만 얘는 좀 땅딸막해서 비슷한 옷인데도 브리짓과는 뭔가 달라 보였다. 나쁘진 않았다, 다만 다를 뿐.

내가 좁은 통로를 지나가자 얘가 나를 뚫어져라 쳐다봤다. 혹시나 내가 지나가면서 통로에 아무렇게나 던져놓은 자기 명품 가방 끈이라도 밟을까 봐 걱정된다는 듯이.

내가 드디어 자리에 앉자 얘가 홱 돌아앉더니 자기소개를 했다.

"난 사라야. 성은 **다브루지**."

사라는 성을 유난히 강조했다. 왠지 나도 그렇게 해야 할 것 같았다.

"난 제시카야. 성은 **달링**이고."

거기서 멈췄어야 했는데, 난 그러지 못했다.

"우리가 같이 앉게 된 건 알파벳이 정해준 운명인가 봐."

사라는 눈을 찡그리면서 신기하다는 듯 나를 봤다. 가끔씩 난 말이 너무 많다. 이번에도 틀림없이 그런 경우다.

57

"이런! 그래! 네 말이 맞는 것 같네!"

사라가 웃으며 말했다. 난 안도의 한숨을 쉬었다.

"그건 그렇고 너도 내 이름 알지? 사라 다브루지!"

처음 들어보는 이름이다.

"우리 아빠가 왈리 다브루지야."

역시 난 전혀 모르는 이름이다.

"사실상 우리 가족이 시사이드 하이츠 해변을 소유한 거나 마찬가진데……."

사라는 손가락으로 사업체를 하나하나 꼽으며 말했다.

"왈리 디 과자점, 왈리의 끝내주는 오락실……."

아! 나도 그곳들은 안다! 그 과자점의 사과 맛 사탕을 난 정말 좋아한다. 그리고 그 오락실에 있는 스키볼(딱딱한 고무공을 경사진 레일로 굴려 표적의 홈 안으로 떨어뜨려 넣는 놀이:옮긴이)도 끝내주게 잘한다. 이 얘기를 하려고 했지만 기회가 없었다. 왜냐하면 사라 다브루지가 계속 말하고 있었기 때문이다. 또 말하고. 또, 또, 또 말했다.

사라는 배다른 남동생이 둘 있는데 역겨운 괴물 같고, 오빠 조는 파인빌 고등학교 졸업반으로 미식축구팀 대표인데 완전 멋있어서, 비치파인즈 초등학교 출신인 단짝친구 둘이 오빠한테 홀딱 반했는데, 둘은 아니라고 딱 잡아떼며, 특히 호프라는 친구가 매

번 "아니, 조는 완전 내 타입 아니거든." 그러면, 사라는 "맙소사!
멋있는 미식축구 선수가 네 타입이 아니라고?" 그리고, 만다라
는 친구가 "멋있는 미식축구 선수는 내 타입인데!" 그러면, 호프
가 "남자라는 남자는 몽땅 다 네 타입이잖아!" 그러는데, 그 말은
진짜로 완전 맞는 말이라고 사라가 말했다. 사라가 숨 쉬는 틈을
타서 "네가 방금 말한 애들이 누군데?" 하고 묻자 "맙소사! 넌 걔
들을 꼭 만나게 될 거고 틀림없이 좋아하게 될 거야!" 그랬고, 넘
쳐나는 정보에 기가 눌려서 약간 띵해져 있는데, 홈룸 선생님이
들어와서 시간표를 나눠주었다. **그제야** 사라가 입을 다물었고, 난
겨우 숨을 돌릴 수 있었다.

딱 몇 초 동안만.

"이리 줘봐!"

미처 시간표를 볼 틈도 없이 사라가 내 손에서 시간표를 낚아
챘다.

"이런! 우리 시간표가 완전 똑같잖아!"

사라 다브루지도 역시나 영재반이었다. 1학년이 되고 몇 분 만
에 영재반의 새 친구를 만나다니 얼마나 엄청난 행운인가! 정말로
우리 시간표는 똑같았다. 8교시만 **빼고.**

사라가 입술을 잘근잘근 씹으며 물었다.

"에휴, 너 탐구과목이 왜 이래?"

난 내 탐구과목이 왜 그런지 몰랐다. 왜냐, 내 시간표를 볼 기회가 없었으니까.

사라가 시간표를 건네주면서 어두운 표정을 지었다.

"산업기술? 도대체 이게 무슨 소리야?"

난 큰 소리로 물었다.

"맙소사! 내 생각에 그건," 사라는 극적 효과를 노린 듯 멈췄다가 말을 이었다. "목공이야!"

그러곤 재빨리 손으로 입을 가렸다. 마치 **목공**이 아니라 **마법**이라고 말하기나 한 듯이.

"난 생활과학을 신청했어. 이거 아니야!"

솔직히 말하자면, 생활과학 수업을 듣는다는 생각에 흥분되지는 않았다. '가정' 과목에 그럴싸한 이름을 붙인 것에 불과할 테니까. 난 단지 브리짓이 부탁해서 그 과목을 신청한 것뿐이었다. 우리가 함께 수업을 들을 수 있는 거의 유일한 기회였으니까. 안 그랬으면 난 '창작'을 골랐을 텐데.

"너, 그거 바꿔야 돼. 지금 당장."

사라가 진지하게 말했다.

남은 홈룸 시간 동안 난 이 착오를 어떻게 바로잡을 것인가 고민했다. 드디어 종이 울리자 우리는 난생처음 중학교 라커룸에 가기 위해 일어났다. 사물함 역시 성에 따라 알파벳 순서로 정해져 있었다. 제시카 달링은 사라 다브루지와 엄청나게 가까워질 운명이었다.

그래서 사라와 난 중학교 최초의 일곱 시간을 함께 다녔다. 첫 수업은 영어였다. 오든 선생님은 집시 풍의 물결치는 치마를 입은 버드나무 같았다. 만약에 청키 슈즈(굵고 땅딸막한 굽으로 된 구두:옮긴이)를 신고 땅에 발을 붙이지 않았다면 산들바람에도 풍선처럼 둥둥 떠다닐 것 같았다. 선생님의 목소리는 큐피드의 활줄처럼 정열적으로 떨렸다.

"힌턴은 열다섯 살, 여러분보다 별로 많지 않은 나이죠. 그 나이에 힌턴은, 그래요, 〈아웃사이더〉를 쓰기 시작했어요."

오든 선생님은 우리 반의, 음, **조숙한** 몇몇 애들보다도 나이가 어려 보였다. 화장도, 관리도 안 한 선생님의 얼굴은 평생 걱정이라곤 안 해본 사람처럼 보였다. 베다니 언니가 선생님을 봤다면 납치를 해서라도 룰루랄라 즐겁게 기습 화장을 해줬을 거다.

"여러분은 어떻게 생각해요?"

교실에는 스물다섯 명쯤 되는 아이들이 있었지만 나와 같은 초등학교 출신은 없었다. 선생님의 질문에 대답할 마음이 눈곱만큼이라도 있어 보이는 애도 없었다. 난 이런 아슬아슬한 침묵을 진짜 싫어한다. 아슬아슬한 침묵보다도 내가 더 싫어하는 건 그걸 깨뜨리고 싶어 하는 통제 불능의 충동이고.

"힌턴은 작품을 쓸 때 어렸기 때문에 아웃사이더가 되는 게 어떤 느낌인지 생생하게 표현할 수 있었어요."

난 기어이 대답하고 말았다.

오든 선생님은 고개를 끄덕였다. 선생님의 귀걸이가 짤랑거리면서 계속 말해보라고 나를 부추겼다.

"그런 생생한 느낌 때문에 전혀 다른 시대를 살아가는 독자들도 이야기에 빠져들게 되는 것 같아요."

오든 선생님은 주먹을 불끈 쥐며 **"그렇죠!"** 하고 외친 뒤 물었다.

"다른 학생들은 또 어떻게 생각하죠?"

아이들은 발을 이리저리 옮기고 선생님의 눈을 피하며 뭐라고 웅얼거렸다. 이런 아이들이 영재반 입학시험에서 브리짓보다 더 높은 점수를 받았다는 건 불가능해(또는 불공평해) 보였다.

그때 번쩍하고 이런 생각이 들었다. 여름방학 읽기 숙제를 정말로 한 건 나밖에 없구나! 아니면, 이건 더 나쁜 상황인데, 혹시 모두들 읽기 숙제를 해놓고 안 한 척하는 건 아닐까? 숙제로 읽은 책에 대해 손을 들고 잘난 척 의견을 말해서 숙제 한 티를 내는 건 엄청 찌질해 보인다는 걸 알기 때문에?

왜 언니가 준 '퀸카의 조건'에는 이런 중요한 정보가 없었던 거야?

중학교 첫 수업부터 달링이란 이름이 바로 찌질이로 낙인 찍혔음을 확신하는 찰나, 사라의 초등학교 친구가 나를 구원해줬다. 이름이, 정말 딱 맞아떨어지게도, 호프(희망)였다.

"힌턴은 자신의 나이를 잘 이용했어요. 어른들은 어린 시절이 어땠는지 전혀 몰라요. 아마 자신들이 성장하면서 겪은 것들을 몽땅 잊어버리는 것 같아요. 힌턴은 애써 기억을 되살릴 필요가 없었죠. 자신이 바로 그 시절을 살고 있었으니까요."

호프를 보는 순간 대번에 두 가지가 눈에 띄었다. 키와 머리카락. 호프는 영재반에서 가장 키가 큰 여학생이었다. 아마 학교 전체에서도 그렇지 싶다. 어쩌면 가장 키가 큰 남학생보다 클 수도 있다. 키만으로는 시선을 끌기에 부족하다 싶었을까? 호프의 큰 키는 새빨간 머리카락 한 다발로 마무리되었다. 그런 머리색은 디즈니 만화에 나오는 인물에게서나 찾아볼 수 있다.

호프는 키도 별나게 크고 머리색도 유난히 눈에 띄는데, 그런 외모를 가진 보통 여자애들과 달리 자신을 숨기려고 하지 않았다. 호프는 자신감 있게 말했다. 결과는? 오든 선생님은 죽어서 **'행복한 영어 천국'**에라도 들어간 것처럼 보였다.

수업이 끝나고 2교시 교실로 가는 길에 사라가 나를 호프한테 정식으로 소개했다. 물론 만다에게도. 만다는 아까 내가 그, 음, **조숙하다**고 본 여자애들 중 하나였다. 이제 넷이 된 우리는 엡스테인 선생님이 가르치는 스페인어 수업에 함께 갔고, 하루 종일 붙어 다녔다. 기초대수학, 토드 선생님(괴짜 선생님으로 유명한데 시험 관 안의 화학물질을 너무 많이 흡입해서 머리가 이상해졌다는 등 엄청난 소 문의 주인공이다)이 가르치는 자연과학, 사회, 기타 등등. 지금 당 장은 그 수업들을 다 자세히 말할 수가 없다. 7교시와 8교시 전 에 있었던 일들이 지금은 그저 흐릿할 뿐이니까.

그건 점심시간과 목공 수업이 하도 **특별했던** 탓이다.

식당 새치기 절대 법칙

7교시는 점심시간이었다. 하지만 점심시간을 위한 준비는 훨씬 일찍부터 시작되었다. 우리가 누구랑 어디에 앉을지 마음대로 결정할 수 있는 거의 유일한 시간이 점심시간이었기 때문이다. 사라는 이 일의 중요성이 과소평가되고 있다고 말하면서 호프를 열심히 설득했다. 자기가 광범위한 조사를 통해 알아낸 구내식당 정보를 약도로 그려달라고.

"식당 한가운데 있는 원탁에 도전해야 해."

영어시간에 한가한 틈을 타서 사라가 말했다.

"무슨 도전?"

다음 시간인 스페인어 수업 때 사라는 끊어졌던 대화를 이어갔다.

"거기 앉으면 아무 방해도 안 받고 핫(Hot)들을 지켜볼 수 있거든."

"핫이 뭔데?"

"잘나가는 애들. 그리고 거기 앉으면 주방 근처 사각 탁자에 앉는 낫(Not)들과 차별화될 수 있어."

"낫? 찌질한 애들 말하는 거야?"

사라는 눈을 감고 흐뭇하게 고개를 끄덕였다. 마치 내가 드디어 사부를 능가하게 된 초보 닌자라도 된다는 듯이.

드디어, 사회시간에, 사라는 왜 그 원탁이 가장 좋은 자리인지 좀 더 설명했다. 사라는 뭐든지 설명하는 걸 엄청 좋아한다.

"그 원탁엔 네 명에서 여섯 명 정도 앉을 수 있어. 그러니까 딱이지. 자연스럽게 우리끼리 앉을 수 있으니까."

그때 사회 선생님이 구내식당 약도를 압수하면서 농담을 했다.

"이건 우리가 집중해야 할 지리학적 지도는 아닌 것 같은데."

아이들이 깔깔대고 웃었지만 사라는 웃지 않았다. 사라한테 이건 심각한 일이었다.

구내식당으로 가는 길에 사라는 마구 화를 냈다.

"맙소사! 점심시간에 완벽한 자리를 찾는 것보다 더 중요한 사회 공부가 어디 있어?" 사라는 씩씩대며 말했다. "두고 봐. 너희들 전부 나한테 감지덕지할 테니까."

이중문을 열고 구내식당에 직접 발을 들여놓자마자 난 사라의 말이 맞다는 걸 알았다. 식당은 스쿨버스의 소란을 억만 배쯤 곱

해놓은 정도였다. 서로 좋은 자리를 차지하려고 밀치고 밀리는 난장판은 충격적이었다. 이 혼돈의 소용돌이 속에서 우리는 꼼짝도 못하고 얼어붙었다.

다행히도 사라가 우리의 목적지를 발견했다. 패기의 지도자 사라는 열정적으로 진격해 나갔다.

"맙소사! 바로 저기! 저기가 우리 자리야!"

사라는 텅 빈 원탁을 가리키며 소리쳤다.

얌전해 보이는 여자애 두 명이 그 탁자를 향해 조심스럽게 다가가고 있었다. 둘 중 하나는 나와 같은 초등학교 출신이었다. 도리 시포위츠. 솔직히, 도리는 사라가 단번에 '낫'으로 볼 만한 아이였다.

"빨리! 쟤들한테 뺏기겠어!"

호프가 소리 질렀고 사라와 호프는 탁자를 향해 몸을 날렸다. 타이태닉호에 남은 마지막 구명보트라도 되는 것 같았다. 만다와 나도 잽싸게 따라갔다. 우리는 모두 가방을 탁 소리가 나도록 탁자에다 내려놓고 탁자의 주인이 된 듯 으스댔다.

"우후~~~! 하이파이브!"

사라가 먼저 손을 들었다. 다음에 나. 다음에 호프. 우리가 모두 손을 들자 만다가 손을 들었고 그제야 우리는 하이파이브를 할 수 있었다. 그 탁자를 차지한 건 사라와 호프 덕인데도 만다가 주도적으로 축하를 하는 게 이상했다. 하지만 그 생각도 잠시 뿐이었다. 왜냐하면 도리와 그 친구가 비켜가는 안쓰러운 모습을 보며 죄책감을 느끼기만도 버거웠기 때문이다. 자신들의 운명을 받아들인 듯 도리와 친구는 주방 곁의 사각 탁자로 갔다.

이쯤에서 내가 도리 시포위츠와 친구였다는 사실을 고백해야 할 것 같다.

그랬다. 그것도 **단짝친구**였다.

우리 나이가 한 자릿수였을 때, 도리와 브리짓과 난 껌처럼 붙어 다니는 삼총사였다. **3·진·소·친**(3명의 진실하고 소중한 친구)이란 이름을 생각해낸 사람이 바로 나였다. 그때 생각엔 진짜 똑똑하고 대단한 이름 같았다. 우리의 좌우명이라고나 할까?

"3·진·소·친! 0·1·히!"

주말이면 언제나 3진소친은 도리네 집에 모였다. 브리짓 엄마는 남편 때문에 늘 제정신이 아니었고 우리 엄마는 시끄럽고 어수선하다며 툴툴거렸기 때문이다. 우리는 소꿉놀이를 했다. 학교놀이(난 선생님이고 둘은 학생이었다), 은행놀이(난 은행원이고 둘은 고객이었다), 아니면 가게놀이(난 점원이고 둘은 손님이었다). 도리네 집의 연노란색 부엌에서 땅콩버터와 포도잼을 바른 샌드위치를 얼마나 많이 먹었는지 헤아릴 수조차 없다. 브리짓 엄마는 완전히 넋이 나가 있어서 점심을 만들어줄 수가 없었다. 또 우리 엄마는 땅콩버터와 포도잼 대신에 자두 프리저브(시럽을 넣고 졸여 연하고 투명하게 만든 과일:옮긴이)나 월귤잼 같은 걸로 내 입맛을 바꾸어보려고 끊임없이 시도했다. 하지만 그때 난 소박한 구식 포도잼밖에 원하지 않았다.

내 생각에는 도리의 문제점도 그와 비슷한 게 아니었나 싶다. 도리는 소박한 구식 포도잼 같은 우정을 보여줬기 때문이다. 도리는 우리 셋 중에 가장 믿을 만한 아이였다. 도리는 단 한 번도 어김없이 나한테는 빨간색, 브리짓한테는 노란색 스키틀(라임향의 말랑한 사탕:옮긴이)을 줬다. 도리는 가장 뾰족한 색연필을 몰래 감춰두지도 않았다. 인형을 빌려가서는 잊어버리고 돌려주지 않는 일 같은 것도 절대 하지 않았다. 우리는 언제나 믿음직한 도리한테 기댈 수 있었다.

우리 나이가 한 자릿수에서 두 자릿수로 바뀌자 브리짓은 할리우드 소식과 유행 패션에 빠져들었고 난 책에 정말로 푹 빠졌다. 특히 언니가 보던 낡은 문고본들, 엄청나게 매력적인 열여섯 살 쌍둥이가 등장하는 수많은 소설들은 언니를 떠올리게 했다. 도리는 그냥 변함없이 도리였다. 도리는 여전히 학교놀이, 은행놀이, 가게놀이에 만족했다. 하지만 브리짓과 난…… 뭐랄까…… 그런 놀이가 그냥 더 이상 재미가 없었다.

믿음직한 도리는 너무 뻔한 도리로 변했다. 너무 뻔한 도리는 따분한 도리로 변했다. 그리고, 그랬다, 난 등 뒤에서 도리를 '도링'(Dori와 boring의 합성어로 '따분한 도리'라는 뜻:옮긴이)이라고 부르기 시작했다. 브리짓도 딱히 말리지는 않았다. 5학년을 앞둔 여름방학에 도리네 가족이 건너편 마을의 큰 집으로 이사하게 되었을 때 마음이 놀랍도록 홀가분했다는 걸 부끄럽지만 인정해야겠다. 그 나이엔 건너편 마을로 간다는 건 은하수를 건너가는 것이나 다름없었다. 브리짓과 내가 초등학교를 졸업할 즈음 **3진소친**은 기억 속에서 희미해져갔다.

희미해진 거지, 그렇다고 잊은 건 아니다. 절대로 **0·1·히** 잊은 건 아니다. 도리를 **낫 탁자**에서 구해내고 싶을 만큼의 무언가는 우리 사이에 아직도 충분히 남아 있었다.

"저기, 쟤들도 우리랑 함께 앉으면 안 돼? 자리도 있는데……."

내가 말을 꺼내자 호프가 눈썹을 치켜세웠다. 사라는 못 믿겠다는 듯 눈을 깜박거렸다. 만다는 눈도 깜짝 안 하고 내 팔짱을 끼더니 콧소리를 내며 말했다.

"제시카! 너, 정말 착한 애구나. 저 가여운 낫들을 **동정한** 줄도 알고. 안 그래?"

만다는 사라와 호프를 보지도 않으며 물었다. 대답을 바라는 것 같지도 않았다.

"정말 네 이름에 어울리게 사네!"

70

그러곤 아무 말도 없이 점심 사는 줄을 향해 가버렸다. 그래서 우리는 도리와 친구한테 함께 앉자고 말하지 못했다. 그렇게 돼 버렸다.

우리가 만다 뒤에 섰을 때 사라가 나서더니 '식당 새치기 절대 법칙'에 대해 설명을 시작했다.

"뭐나고?"

내가 똑바로 들은 게 맞나 싶어 물었다.

"식당 새치기 절대 법칙. 따르든지 죽든지."

사라의 설명에 따르면, 이 법칙은 세대를 이어가며 선배의 입에서 후배의 입으로 전해져 왔다. 이 점에서는 고대 그리스 시인들의 전쟁 서사시와 같다. 다만 법칙이 깨졌을 때 훨씬 심각한 유혈 사태가 발생한다는 점이 다를 뿐.

식당 새치기 절대 법칙

1. **2학년 핫**들은 언제든, 어디서든, 누구든 새치기할 수 있다. 가장 잘나가는 2학년 핫 플러스(핫+)들은 아예 줄을 서지도 않는 게 보통이다. 2학년 핫 마이너스(핫–)들에게 점심을 사오라고 시킨 후 창가의 긴 탁자에 앉아서 수다를 떤다. 특별히 촉망되는 1학년 핫들이 점심 구매 심부름을 할 때도 있는데 이건 대단한 영광으로 여겨진다. 자신들의 인

기를 증명할 기회를 얻은 거나 마찬가지이기 때문이다.

2. **2학년 핫**–들은 점심을 직접 사는 2학년 핫들을 제외하고는 누구든 새치기할 수 있다.

3. **보통 2학년**들은 1학년 아무나 새치기할 수 있다. 일시적으로 핫–를 새치기할 수 있는 특권이 주어지기도 하는데 정말정말 멋진 옷을 입고 있거나 최근에 큰 경기에서 득점을 했을 경우다.(이것은 보통 그 2학년이 핫–로 올라갈 수 있는 경계선 상태에 있다는 것을 의미한다.)

4. **1학년 핫**들은 모든 1학년과 모든 낫들을 새치기할 수 있다.

5. **1학년 핫**–들은 보통 1학년 전부와 모든 낫들을 새치기할 수 있다.

6. **보통 1학년**들은 모든 낫들을 새치기할 수 있다.

7. **2학년 낫**들은 1학년 낫들을 새치기할 수 있다.

8. **1학년 낫**들은 누구도 새치기할 수 없다. 절대로. 도시락을 싸오지 않는다면 아무것도 못 먹는다.

언니가 준 '퀸카의 조건'에는 **이런 게** 왜 없을까? 이거야말로 실제로 유용한 정보였다. 자신과 슬로피조 샌드위치(고기를 다져 토마토소스로 맛을 낸 샌드위치:옮긴이) 사이에 그 무엇도, 그 누구도 끼워주지 않으려고 하는 게걸스러운 2학년들에게 짓밟히지 않으려면 말이다.

"우리는 뭔데?"

내가 묻는 순간 콧수염을 어른처럼 기른 2학년 하나가 아무 거리낌 없이 곧장 줄 맨 앞으로 가 섰다.

"오늘은 첫날이니까 우린 다 보통 1학년에서 시작하게 돼."

사라가 말을 멈추더니 방금 우리 앞에 와서 선 도리 시포위츠와 불운한 친구를 한참 동안 뚫어져라 노려봤다. 그러더니 한 마디 덧붙였다.

"네가 확실히 **낫**이 아니라면 말이야."

사라가 뻔뻔스럽게 둘을 밀치고 앞으로 가는 걸 난 거북하게 지켜봤다. 만다는 생각할 것도 없다는 듯 냉큼 사라 앞자리를 차지했다.

"착하기도 해라! 천사가 따로 없네!"

만다는 딱히 누구한테 하는지도 모를 말을 했다. 만다의 말은 상냥했지만 말투는 그렇지 않았다. 만다가 누구한테 한 말인지 난 알 수가 없었다. 사라한테? 나한테? 자기가 새치기한 도리처럼 '착하고 천사 같은' 모든 애들한테? 이런 입에 발린 칭찬을 하면 자기가 저지르는 짓이 덜 나빠지기라도 한다는 걸까? 난 어떻게 해야 할지 몰라서 손을 꼭 쥐고 쓰레기통 앞에 멋쩍게 서 있었다. 호프가 도시락을 싸온 건 정말 잘한 일이라고 생각하면서.

"제시카! 이리 와! 뭘 기다리고 있는 거야?"

사라가 딱딱거렸다.

난 등뼈가 쑥쑥 자라나기를 기다리고 있었다. 떡하니 서서 당당하게 이런 말을 할 수 있을 만큼.

야, 모두들 새치기를 하고, 늘 그랬으니까 그건 당연하게 생각하더라도, 그건 옳지 않은 일이야. 그리고 역사를 공유한 도리와 내가 이젠 친구가 아니더라도, 만약에 내가 도리를 새치기한다면 난 진짜 나쁜 -

도리가 나를 쿡 찌르는 바람에 내면의 독백이 툭 끊겼다.

"앞으로 가."

도리가 입모양으로 말했다. 도리는 나를 처다보지도 않았다. 그저 자기 페니로퍼(발등 부분에 띠 모양의 장식 가죽을 붙이고 그 중앙에 가윗밥을 넣은 디자인의 캐주얼슈즈. 학생들이 여기에 페니 동전을 끼운 데서 이런 이름이 붙었다:옮긴이)에 끼워둔 10센트 동전을 내려다볼 뿐이었다.

도리 시포위츠는 유치원 때부터 페니로퍼에 동전을 끼웠더랬다.

포도잼 같은 애.

에휴.

한결같은 애.

도리가 옆으로 비켜나자 사라가 셔츠 자락을 쥐고 나를 자기들 곁으로 끌어당겼다.

"여기가 우리 자리야."

사라가 힘주어 말하자 만다가 거들었다.

"두고 봐. 이제 우린 생각지도 못한 사이에 1학년 핫이 돼 있을 테니까."

그때 내 기분이 어땠는지 솔직히 모르겠다. 지금 생각해봐도 역시 잘 모르겠다.

사회적 지위가 조금 올라갔는데도 내가 프렌치프라이와 그릴 치즈 샌드위치를 받아들었을 때는 점심시간이 5분 정도밖에 남지 않았다. 내가 자리에 앉기 무섭게 사라가 내 뒤에서 벌어진 어떤 일로 우리의 주의를 돌렸다.

"맙소사! *저건* 누구야?"

"누군지 몰라도 혼자서 미식축구팀의 경호를 받고 있네."

호프가 본 대로 말하자 사라가 소리를 질렀다.

"누군지 모르겠지만 쟤가 가장 **빨리** **핫**이 될 거야."

만다는 더 잘 보고 싶은지 안경을 꼈다. 그러곤 자기가 보고 있는 것이 못마땅한지 콧잔등을 찌푸렸다.

무슨 일인가 보려고 나도 고개를 돌렸다. PJHS 미식축구팀 티
셔츠를 똑같이 입은 한 패거리의 남자애들이 버크 로이에게 가세
해 이제 브리짓을 환영하는 7인 위원회가 되어 있었다. 오늘 아침
버스에서 본 게 있으니 지금 벌어지는 일이 크게 놀랍지는 않았
다. 하지만 이 모든 야단법석의 원인이자 가장 눈에 띄는 주인공
이, 어제까지만 해도 머리를 엉덩이까지 땋아 내리고 두드러기를
덮어쓴 채 입에는 쇳덩어리를 한가득 물고 있던 애라는 건 놀랄
만한 일이었다. 와우. 하룻밤 새 이렇게 엄청난 변화가 일어날 수
도 있다니.

브리짓은 바로 나를 알아봤다. 얼굴에 안도의 표정이 번졌다.

"제시카!"

브리짓은 온 식당에 다 들릴 만큼 큰 소리로 불렀다. 그러곤 미
식축구팀 쪽은 보지도 않고 우리 탁자로 달려왔다.

"아는 애야? 누군데?"

사라가 못 믿겠다는 듯이 나한테 물었다.

"브리짓이라고, 파인빌 초등학교를 같이 다닌 단짝친구야."

"너, 완전 죽여주는 애랑 친구라는 얘기 안 했잖아."

사라가 나를 다그치자 만다가 거만하게 말했다.

"**완전** 죽여주는 정도는 아니네, 뭘. **살짝** 죽여준다면 모를까."

"말도 안 돼. 어차피 죽여주는 건데 **완전**이나 **살짝**이나 그게 그
거⋯⋯."

호프가 끼어들자 만다가 콧방귀를 뀌었다.

"그럼 죽여줄 정도는 아니네."

그때 브리짓이 쌕쌕거리며 우리 탁자에 왔다.

자기 말마따나 만다 역시 죽여줄 정도는 아니다. 예쁘지만 죽여
주진 않는다. 그리고 예쁜 것도 노력해서 얻는 그런 종류다. 예를
들자면, 아침에 일어났을 때는 이렇게 곧고 윤기 나는 머리카락
이 아니라는 말이다. 또 잿빛 눈을 가장 잘 살려주는 아이라이너
를 찾기 위해 수없이 많은 조사와 실험을 했을 게 분명하다. 그리
고 가장 자신 있는 부분, 그러니까, 가장 눈에 띄는 자산을 최대
한 활용하는 방법도 정확히 알고 있었다. 이렇게 말하면 되려나.
내가 입은 주니어용 브라와 비교하자면, 만다 것은 2년 연속 세계
챔피언 급이었다.

브리짓은 내 옆에 털썩 앉더니 나를 꼭 껴안았다.

"영원히 널 못 보는 줄 알았어! 내 수업 중에서 한 군데쯤 네가
나타나길 얼마나 바랐는데. 근데 이렇게 점심을 같이 먹게 됐으니
얼마나 다행이야. 배고파 죽겠어!"

브리짓은 도시락을 열어 칠면조 샌드위치의 포장지를 찢어내
고는 허겁지겁 먹기 시작했다. 브리짓은 모든 남자애들⋯⋯ 우리

탁자의 여자애들…… 누구의 시선도 전혀 의식하지 못하는 것 같았다.

"식당으로 오는 길을 까맣게 잊어버렸는데……"

브리짓은 샌드위치를 씹으면서 말했다.

"그때 미식축구팀의 저 멋있는 애들이 도와주겠다는 거야. 근데 쟤들은 나보다 방향감각이 더 형편없지 뭐니. 전혀 엉뚱한 건물에 완전 낯선 데로 가는 거야……."

브리짓이 수다를 떠는 동안 사라의 눈은 커지고 또 커지고 점점 더 커졌다. 반대로 만다의 눈은 작아지고 또 작아지고 점점 더 작아졌다. 호프의 표정은 읽을 수가 없었다. 사실은 호프가 듣고 있는지조차 알 수 없었다.

브리짓은 마지막 샌드위치 조각을 입에 넣고 아이스티를 꿀꺽꿀꺽 들이켰다. 그러곤 프레첼을 먹기 시작하더니 갑자기 먹던 걸 딱 멈추고 탁자를 둘러봤다.

"제시카! 왜 날 이렇게 무례하게 내버려둔 거야!"

브리짓은 손에서 프레첼 소금을 탁탁 털어내고 말했다.

"난 제시카의 단짝친구 브리짓이라고 해!"

"제시카가 우리한테 다 말해줬어."

호프가 살짝 웃으며 대답했다.

"아니야, 말 안 했어."

만다가 웃지도 않고 대답했다.

"누군가에 대해 알아야 할 건 훨씬 많지. 그러니까, 그 환상적인 치마는 어디서 산 거야? 정말 맘에 들어!"

사라가 활짝 웃으며 말하자 브리짓의 얼굴이 환해졌다.

"난 네가 그 매력적인 치마를 어디서 샀는지 묻고 싶었는데!"

사라의 매력적인 치마와 브리짓의 환상적인 치마는 완벽하게 똑같았다. 사라는 브리짓한테 자기가 매력적인 치마를 어디서 샀는지 말했고, 브리짓은 사라한테 자기가 환상적인 치마를 어디서 샀는지 말했다. 그 결과 둘이 정확하게 똑같은 가게에서 정확하게 똑같은 '끝내주는' 치마를 샀다는 게 밝혀졌다. 사실, 브리짓을 제외한 세 명은 정확하게 똑같은 가게인 건 물론이고, 정확하게 똑같은 진열대에서 산 것 같은 옷을 입고 있었다. 순간 난 그 어느 때와도 비교할 수 없을 만큼 엄청나게 긴장했다. 언니가 말한 '날마다 다른 옷을 입어야 한다'가 불현듯 떠올랐기 때문이다.

만다가 내 마음을 읽은 게 틀림없다.

"제시카, 하루 종일 물어보려고 했는데, 네 티셔츠는 어디서 난 거야?"

"이거? 이건 빈티지(옛날 패션의 스타일과 패턴, 컬러를 가리키는 용어:옮긴이)야!"

난 자랑스럽게 미리 생각해두었던 대답을 했다.

"그게……"

만다가 입술을 오므렸다.

"그러니까."

조금 더 오므리고.

"흥미롭네."

흥미롭단다.

흥미롭다니…… 좋다고? 괜찮다고? 흥미롭다는 건 따분한 것과는 반대다. 그러니까 내가 포도잼 같지는 않다는 말이다. 난 월귤잼인 거다!

맞나?

에휴. 난 정말 패션은 이해할 수가 없다.

화제가 그날의 마지막 수업으로 바뀌었다. 브리짓은 환상적인 치마를 입은 자신이 사라, 만다, 그리고 호프와 함께 생활과학 수업을 듣는다는 사실에 흥분했다. 그런데 내가 그 수업을 같이 못 듣는다는 걸 알고는 실망했다. 하지만 내가 실망한 것만큼은 아니었다.

"목공이라고? 생활과학에 무슨 일이 생긴 거야?"

브리짓이 흠칫 놀라며 물었다.

"나도 무슨 일인지 몰라. 난 분명히 **목공 신청 안 했는데**."

"너, 그거 꼭 바꿔야 돼. 지금 당장."

사라가 홈룸 시간에 했던 경고를 다시 했다.

"상담선생님한테 너무 큰 기대는 하지 마."

호프가 말했다. 호프가 나한테 직접 말을 한 건 그게 오늘 처음이었다.

"어, 알았어."

대답은 했지만 상담선생님이라는 사람이 건물 어디쯤에 있는지는커녕 나한테 상담선생님이 있는지도 확실히 몰랐다.

"그 사람들은 시간표 바꾸는 걸 너무 싫어해. 웃기는 일 아니니? 그게 자기들 일인데."

호프가 덧붙였다. 호프의 말이 놀랄 만큼 신랄한 게, 혹시 자기 경험에서 우러난 생각이 아닌가 싶었다.

그때 종이 울렸고 아이들 모두 자기 자리에서 벌떡 일어나 마지막 교시를 향해 미친 듯이 달려 나가기 시작했다. 오직 호프만 뒤로 살짝 물러나 앉았다.

"푸들 선생님 본 적 있니?"

"푸들 선생님? 그게 누군데?"

난 웃기는 이름 때문에 킬킬거리며 물었다.

"목공 선생님이래. 오빠가 나한테 경고하더라. 무슨 수를 써서라도 목공실 근처엔 얼씬도 하지 말라고."

난 눈을 굴리며 물었다.

"강아지랑 같은 이름을 가진 사람을 피해 다니라고 했단 말이야?"

호프는 나를 뚫어져라 보며 말했다.

"내 말이."

그러고서 호프는 가정실로 가는 다른 아이들을 따라잡으러 뛰어갔다. 솔직히 호프를 어떻게 생각해야 할지 모르겠다. 영어시간에 나를 구해준 건 고맙지만 어떻게 보면 날라리 같기도 했다. 호프는 사라나 만다와는 다르게 굳이 나에 대해 알려고 하지 않았다. 흐음. 어쩌면 내가 자기가 상대할 만한 예술가 같지 않아서인지도 모르지.

호프에 대해 말할 게 하나 더 있다. 목공 수업에 대한 호프의 경고는 완벽하게 옳았다.

삶은 공평하지 않다

8교시: 목공. **내가 신청하지도 않은 수업.**

목공실이 학교에서 가장 외지고 음침한 귀퉁이에 있는 건 우연이 아닌 것 같다. 어쩌다 어슬렁거리게 될 일은 절대 없어 보이는 곳에 목공실이 자리하고 있었다. 학교 관리자들은 쓸데없이 교내를 배회하는 수상한 1학년들이 길을 잃고 헤매다가 **되돌아가지 못하는 일**을 예방하기 위해 이런 곳에 목공실을 둔 게 틀림없다. 그래 놓고선…… 어이없다. 분명히 **목공을 신청하지도 않은** 순진한 1학년 여자애를 이런 곳에 집어넣어 생명의 위협을 느끼게 하다니.

목공실 문 앞에는 아름다운 나무 팻말이 걸려 있었다. 고풍스러운 덩굴이 테두리를 따라 복잡하게 새겨져 있었고 이런 글씨가 쓰여 있었다.

푸델 선생님의 목공 교실

(규치만 지키면 목숨은 무사함)

이 팻말은 신변의 안전에 대한 나의 불안감을 눈곱만큼도 덜어
주지 못했다.

팻말이 준 충격에서 겨우 벗어났을 때 목공실 뒤쪽에서 한 남자
가 나타났다. '남자'라는 표현은 정말 후한 표현이다. 푸델 선생님
은 어…… 뭐랄까…… 그때 푸델 선생님이 으르렁거리듯 말했다.

"괴물! 고릴라! 빅풋!"

내가 생각한 말은 **거인**이었지만, 저 정도면 충분하다.

"너희들이 나한테 쓰고 싶은 부적절한 호칭은 다 처리했으니까,
이제 공식적으로 내 소개를 하겠다. 내 이름은," 선생님은 잠시 말
을 멈췄다가 말을 이었다. "푸델이다."

호프가 그렇게 말했을 때 난 우스워 죽을 뻔했다. 푸델 선생님
이 그렇게 말했을 때 난 무서워 죽는 줄 알았다. 하지만 모두 다
나처럼 겁을 먹은 건 아닌가 보다. 교실에는 아이들이 꽉 차 있었
는데 그중 한 애가 푸들 강아지처럼 캥캥거렸다. 센 척하는 애들
이 자기가 얼마나 센지 보여주려고 하는 짓이다. 어리석음 과시하
기. 왜 쟤는 자기를 포도알 으깨듯 짓이겨버릴 수 있는 거인을 놀
리려 드는 걸까?

84

선생님은 문 위에 걸린 팻말을 가리키며 또박또박 철자를 말했다.

"P–U–D–E–L이다. P–O–O–D–L–E가 아니라."

몇몇 아이들이 캥캥거림에 가세했다. 푸델 선생님은 걔들을 무시했다.

"이 수업은 목공이다. 교육위원회가 갖다 붙이고 싶어 하는 얄궂은 이름인 산업기술이 아니다. **목공.**"

선생님은 말을 멈추고 교실을 죽 둘러봤다.

"목공 수업에 온 걸 환영한다."

나도 함께 목공실을 둘러봤고 그 순간 충격적인 사실을 발견했다. 난 교실에서 유일하게 터프하지 않은 애였다. 그게 다가 아니었다. 난 유일한 여자였다! 어떻게 이런 일이?

난 수줍게 손을 들었다.

"어, 죄송한데요, 저기…… 푸…….

"P–U–D–E–L. 우크라이나계 이름이다."

선생님은 조용히 되풀이했다.

"푸델 선생님…… 어…… 저기요."

푸델 선생님이 나를 내려다보는 것만으로도 충분히 괴로웠다. 하지만 교실에 있던 터프한 아이들도 모두 의자에서 돌아앉아 나를 쳐다보고 있었다. 인정할 수밖에 없다. 걔들은 스쿨버스 안의

애들이나 미식축구팀 애들이 브리짓을 바라볼 때처럼 눈이 튀어 나올 듯이 나를 보지는 않았다. 마치 '쟤 뭐냐?' 하는 것 같은 그런 눈빛이었다.

난 이 상황을 받아들일 수 없었다.

"어, 저는 이 수업을 신청 안 했는데요."

그러자 푸델 선생님이 갑자기 노래를 불렀다.

"후~~~ 아 유? 두두. 두두."(더 후가 1978년에 발표한 노래:옮긴이)

우리 아빠가 노래할 때보다는 조금 덜 굴욕적이었다. 미친 목공 선생님은 나하고 피가 섞이지 않았으니까.

"어, 저는. 어…… 저기, 제 이름은……."

"네 셔츠에 있구나. 더 후."

푸델 선생님은 수염이 덥수룩한 턱으로 나를 가리키며 말했다.

난 고개를 숙여 까맣게 잊고 있었던 티셔츠를 봤다.

"후~~~ 아 유? 두두. 두두."

선생님이 되풀이했다.

난 피식 웃고 마음을 다잡은 뒤 불쑥 내뱉었다.

"제시카 달링이에요."

푸델 선생님은 손을 뒤로 뻗어 처음에 잡힌 종이를 집어 들었다. 몇 초 정도 그걸 들여다보며 흠, 흠 하더니 말을 꺼냈다.

"네 이름이 출석부에 있구나. 넌 이 수업을 듣기로 돼 있다."

그 '출석부'는 절대로 출석부가 **아니었다**. 그건 파인빌 피자가게의 배달 메뉴판이었다. 난 그걸 지적할까 말까 망설였다.

불행히도 그 순간에 지각생 하나가 문으로 들어왔다. 아침에 빗이 아니라 미친 다람쥐로 머리를 빗은 것 같은 삐쩍 마른 빨강머리였다. 그 애는 인사 삼아 뭐라고 중얼거렸는데 알아들을 수가 없었다. 하지만 그게 무슨 말이었든 푸델 선생님의 거대한 초능력 귀를 피해 가지는 못했다.

"뭐라 그랬나?"

푸델 선생님은 지각생 위로 그림자를 드리우며 물었다.

"아, **여긴 웬일이세요, 해그리드?** 그랬는데요."

교실이 쥐죽은 듯 조용해졌다. 그때 푸델 선생님이 웃음 폭탄으로 우리를 공격해 왔다.

"**하하하하하하**. 난 여기서 15년 동안 가르쳤다. 들을 만한 건 다 들었다고 생각했다. 해그리드라고! '해리 포터'에 나오는! 멋지군! **하하하하하하**."

푸델 선생님은 칭찬하는 것처럼 말했다. 하지만 한 번 더 그렇게 불렀다간 웃는 얼굴을 못 볼 거라는 게 확실히 느껴졌다.

"해그리드든 고질라든 너희들이 내 뒤에서 부르고 싶어 하는 어떤 이름에도 난 대답하지 않는다. 하지만 너희들은 내가 뭐라고 부르든지 대답해야 한다. 알겠나? 왜냐, 난 희귀한 뇌장애가 있어서 얼굴을 알아보거나 이름을 기억하기가 힘들기 때문……."

머리를 짧게 깎아 올린 터프한 애가 '픕' 하며 말했다.

"개소-"

"아, 거기, 욕쟁이? 내 말이 맞나 틀리나 증거를 보여주지!"

푸델 선생님은 배달 메뉴판을 한쪽으로 휙 던지고 책상 서랍을 열더니 무언가를 꺼냈다. 그건 누가 봐도 신문에서 찢어낸, 반쯤 풀다 만 낱말 퍼즐이었다.

"봤나? 증거! 의사의 진단서!"

선생님은 신문지 조각을 공중에서 펄럭펄럭 흔들더니 서랍에다 도로 쑤셔 넣으며 만족스럽다는 듯 '하!' 소리를 냈다.

이쯤 되자 푸델 선생님의 머릿속은 정상이 아니라는 것과 우리 이름을 외울 턱이 없다는 사실에 눈곱만큼도 의심의 여지가 없어졌다.

"따라서 만약 내가 '시건방'을 가리키면서-"

선생님은 폭탄머리 지각생을 가리키며 말했다.

"'어이, 시건방! 회전 톱으로 뭐 하고 있나? 정신 차려!' 이렇게 소리를 친다면 말이야. 여기 서 있는 시건방은 자기 이름은 시건 방이 아니라고 징징대는 대신 조심하는 게 더 나을 거란 말이지."

"이건 공평하지 않아요."

이제 '시건방'이란 이름을 갖게 된 남자애가 항의했다.

"우린 똑같은 자격-"

"삶은 공평하지 않다!"

푸델 선생님은 우리 모두가 볼 수 있도록 오른손을 치켜들고 으르렁거렸다.

"난 손가락을 세 개나 잃었다! 이건 공평하다고 생각되나?"

세상에! 약지도, 중지도, 검지도 없었다! 굴곡 없는 선생님의 손은 헐렁하게 굳어 있었다. 우리는 모두(시건방을 포함한 나머지 터프한 아이들 모두) "세상에!"에 이어 뭐라고 내뱉으며 의자에서 뒤로 벌렁 나자빠졌다.

푸델 선생님은 배꼽을 잡고 웃었다. 그러곤 마술처럼 중지와 약지를 원래 자리에 불쑥 펼쳐 보였다. 우리는 모두 비명을 지르며 또 한 번 의자에서 나동그라졌다.

선생님은 우렁찬 목소리로 말했다.

"속았지? 없어진 손가락은 딱 **하나**뿐인데!"

내 생각에 푸델 선생님은 이 장난을 아마 억만 번도 더 했을 거다. 그리고 여전히 처음 했던 때만큼 기막히게 재미있다고 생각할 거다.

끝종 소리에 모두들 고마워하는 눈치였다. 우리는 목숨을(그리고 손가락도) 멀쩡하게 챙겨서 목공실을 뛰쳐나갔다. 난 상담선생님(그 사람이 누구든지, 또 어디 있든지)을 만나야겠다는 생각이 더 간

절해졌다. 내가 있을 곳이 아닌 이 끝내주는 수업에서 지금 당장 나를 **빼**달라고 하고 싶었다!

내가 문을 다 나갔을 무렵 엄청난 무게감이 어깨를 꾹 누르더니 나를 돌려세웠다. 내 생각엔 푸델 선생님이 웃고 있는 것 같았다. 하지만 수염 사이로 선생님의 이는 보이지 않았다.

"영재반, 맞지?"

난 순순히 고개를 끄덕였다.

"목공은 교실에서도 실생활과 연결된다는 걸 아나?"

이번엔 고개를 잘래잘래 흔들었다.

"목공은 문제를 해결하고 수학, 과학, 사회시간에 배운 걸 자기 것으로 만드는 데 도움을 준다."

다시 끄덕끄덕.

"네가 내 수업을 꼭 듣기를 기대하마."

푸델 선생님은 상담선생님쯤은 간단히 해치워버릴 것 같은 단호한 목소리로 말했다.

몇 분 뒤 난 라커룸에서 사라를 만났다. 사라에게선 버터와 흑설탕 냄새가 났다. 내가 목공실에서 목숨을 걸고 싸우는 동안, 내 친구들은 생활과학실에서 초콜릿칩 쿠키와 함께했던 거다.

푸델 선생님의 말마따나: **삶은 공평하지 않다**.

브리짓은 나보다 먼저 버스에 타고 있었다. 브리짓은 야구모자를 쓴 남자애(더 작고 더 마르고 귀엽지는 않은, 버크 로이의 변형판)한 테 예의 바르게 설명하고 있었다. 미안해, 여긴 내 친구가 앉을 자 리라서 안 돼. 미안해, 초콜릿칩 쿠키는 내 친구 주려고 챙겨둔 거 라서 안 돼.

브리짓이 외쳤다.

"유-후! 마침 내 친구가 왔네!"

그 순간, 1학년 첫날 그 모든 일을 겪고 난 뒤에도 여전히 내가 브리짓의 단짝친구라는 사실이 정말 고마웠다.

밤이 되자 언니가 집에 나타났다. 아빠는 자전거를 타러, 엄마
는 팔 집을 보여주러 나가고 없었다. 언니가 내 중학교 첫날 소식
을 너무나 듣고 싶어서 온 게 아닐까 하는 생각이 들었다.

난 별로 말하고 싶지 않은데.

그래, 8교시에 죽을 뻔한 경험도 있었지만 첫날인 걸 감안하면
그런대로 잘한 거 아닌가? 그래도 언니가 오늘 밤엔 바빠서 물어
보지 않기를 바랐다. 내가 '퀸카의 조건' 1번에서 비참하게 실패했
다는 것만큼은 정말 말하고 싶지 않았다. 그러니까, 내 빈티지 셔
츠를 알아본 사람이 미친 목공 선생님밖에 없었는데 뜨거운 반응
을 불러일으켰다고 하긴 좀 그렇잖아?

그래도 언니는 내가 그 옷을 입은 걸 보면 좋아할 것 같았다.

아니었다.

난 언니를 안으려고 달려갔는데 언니가 전염병 환자 대하듯 팔을 뻗어 나를 막았다.

"너, 도대체 뭘 입고 있는 거야?"

"언니 티셔츠를 찾았어! 첫날이라서 이거 입었는데!"

"티셔츠라고?"

"언니 옷장 맨 위의 선반에 있던 낡은, 그러니까 빈티지 티셔……."

내가 들은 건 거의 인간의 소리가 아니었다.

"못살아아아아아아앗! 옷장에서 그 역겨운 티셔츠를 찾아내란 말이 아니었다구! 스타일 목록을 찾으랬더니!"

"뭐라고?"

그러자 언니는 내 손을 잡아 질질 끌고 자기 방으로 갔다. 가는 내내 엄마는 옛날 옛적에 그 쓰레기 티셔츠들을 기부하기로 해놓고는 어쩌고저쩌고 툴툴거렸다.

언니는 엄숙하게 옷장 문을 가리켰다.

"당장 옷장 뒤쪽을 살펴봐. 거기 보면 선반에 노트 무더기가 있을 거야. 스타일 목록!"

시키는 대로 했더니 화려한 색깔의 스프링 노트 도서관이 눈에 들어왔다. 노트마다 베타니 달링의 사유 재산이라고 쓰여 있었다.

"어라, 언니는 일기 안 쓴다며? 퀸카들은 일기……."

"그건 일기가 아니야! 스타일 목록이라구! 내가 중1 때부터 고딩 졸업반 때까지 학교에 입고 간 옷을 기록한 거!"

언니는 **1학년**이라고 쓰인 노란 노트를 집어 들더니 첫 장을 펼쳐 보란 듯이 건네줬다. 언니의 통통 튀는 글씨가 줄마다 빼곡했다.

9/4 분홍색 탑, 청치마, 에스파드리유*, 꽃무늬 머리띠
9/5 파란색 캐미**, 7부 바지, 운동화, W비 핀
9/6 줄무늬 미니 원피스, 은색 샌들, 별 핀

*에스파드리유: 끈을 발목에 감고 신는 캔버스화
**캐미: 가는 어깨끈이 달린 민소매 상의

뒤로 몇 장 넘겼다.

10/22 푹신푹신한 카디건, 분홍색 탑, 체크무늬 미니스커트, 검정 부츠

몇 장 더.

11/6 골지* 터틀넥, 청치마, 운동화

*골지: 골이 지게 짠 직물

94

"여기서 힌트를 얻으란 말이었다구! 이렇게 하면 똑같은 차림새를 반복하지 않을 수 있단 걸 보여주려 했던 건데."

그제야 '퀸카의 조건' 1번이 무슨 뜻이었는지 깨달음이 왔다.

날마다 다른 옷을 입어야 한다.

'다른'은 '**똑같지 않은**'이란 뜻이었다. '**독특한**'이 아니었다.

브리짓이 시도한 패션 무한 조합이 바로 그거였는데 난 너무 멍청해서 눈치도 못 챘던 거다!

언니는 숨을 가다듬으며 바닥에 책상다리를 하고 앉았다.

"다 망한 건 아니야. 아직 희망이 남아 있어. 선발시험은 다음 주야, 맞지? 이 비극은 그냥 제쳐두고 2번으로 가자."

퀸카의 조건 2번: 반드시 들어가야 한다, 응원단!!!

우웩. 2번에는 느낌표도 있었지만 난 무서워서 비명을 지르고 싶었다. 사실 난 1번이 완전히 망했으니까 2번은 그냥 건너뛰고, 어쩌면 나머지 '퀸카의 조건'들도 흐지부지되어버리길 조금은 바랐다. 하지만 언니의 생각은 달랐다.

"제일 잘하는 응원 한번 해봐."

제일 잘하는 응원? 제일 잘하는 건 고사하고 난 응원 같은 건 **하나도** 모른다.

"응? 어…… 파이팅, 야?"

스피릿 핑거(손가락을 접었다 펴면서 파이팅을 외치는 응원 동작:옮긴

95

이). 박수.

내가 할 수 있는 건 이게 다였다.

언니는 손으로 얼굴을 가리더니 앓는 소리를 했다.

"부탁할 수 있을지 전화 한번 해봐야겠다."

언니는 바닥에서 벌떡 일어나 전화를 걸었다. 난 통화를 다 들었지만 반 이상은 무슨 소린지 알 수 없었다. 내가 짐작할 수 있는 건, 언니가 셰리라는 사람한테 올해의 응원단!!!에 대해 말하고 있다는 거였다. 언니는 끝내주는 뭐라고 말하고, 화살에 대해 몇 가지 묻더니, 끝내주는 뭐라고 좀 더 말하고, 빈자리에 대해 몇 가지를 좀 더 묻고 나서, 가식적으로 웃으며 작별 인사를 한 뒤 돌아서서 나를 뚫어져라 보며 명령했다.

"줄자 좀 가져와!"

"근데…… 뭐 하러?"

"줄자 좀 가져오라구!"

내가 줄자를 가져올 때까지는 아무 대답도 안 할 게 뻔했다.

다른 집은 어떤지 모르지만, 달링 가족은 줄자를 두는 장소 같은 게 따로 없었다. 아빠의 공구함에 있을 것 같았지만 없었고 엄마의 반짇고리에도 없었다. 그래서 잡동사니 서랍을 뒤져보기로 했다. 부러진 깡통따개와 노끈 가닥과 억만 개는 되는 간장 팩의 참혹한 아수라장 속에 줄자가 엉켜 있었다. 난 줄자를 혼란에서 풀어내어 언니 방으로 돌아갔다.

"여기, 줄자."

"똑바로 서봐."

언니는 내 머리에서 발끝까지 줄자를 들이댔다.

"흐음……."

언니는 못마땅한 듯 구시렁거렸다.

"그렇게 너무 똑바로 서지 말고."

"지금 이게 뭐 하자는 건지 말 좀-?"

"가만! 숙여봐! 조금만!"

난 시키는 대로 하려고 최선을 다했다.

"아니! 너무 숙였잖아! 조금만, 어, 짜부라져봐."

난 짜부라지는 게 뭔지 몰랐지만 곧 알게 되었다. 내가 몸을 아주 조금 움츠리자 언니가 깍깍거리며 마음에 든다는 듯 박수를 쳤다.

"162센티! 바로 그거야! 완벽해!"

여기서 지금 분명히 짚고 넘어가야 할 게 있다. 인기 있고, 아름다운 언니(파인빌 중학교 졸업반에서 공식적으로 **완벽녀**로 뽑힌 언니)가 *나를 보고* 완벽하다고 했다.

우리는 그 순간을 공유했다. 전에는 정말 한 번도 *순간*을 공유한 적이 없었다. 이런 일은 처음이었다.

하지만 난 여전히 언니가 무슨 말을 하는지 알 수 없었다.

"어디 봐. 네 머리는 이 정도면 말총머리도 정해진 대로 묶을 수 있겠고, 확실히 가슴에 뽕을 좀 넣어야겠다. 그것만 빼면 완벽해."

언니가 또 한 번 나더러 완벽하다고 했다.

"무슨 일인지 말 안 해줄 거야?"

그러자 언니가 설명을 해줬다. 언니가 통화를 한 사람은 응원단!!!의 공동 단장이었던 셰리, 즉 가르시아 코치인데, 지금은 파인빌 중학교 응원단!!!의 코치였다. 언니는 코치에게 **일급 기밀 정보**를 부탁했다.

"정말 중요한 대형에 빈자리가 생겼다고 알려줬어. 네가 채우게 될 빈자리 말이야."

언니는 열변을 토했다.

하지만 이런 정보는 나한테 아무 도움도 되지 않아서 언니가 입을 열기 전과 다를 게 없었다. 인내심이 사그라진 언니는 차근차근 설명했다. 애널리스 샤피로라는 2학년이 사고로 다쳐서 비극적인 다리 깁스를 하게 되었다. 부상이 나을 때까지 **파인빌 중학교의 완전 끝내주는 화살촉 대형**에 빈자리가 생길 수밖에 없는데 그건 있을 수가 없는 일이다.

"파인빌 중학교의 완전 끝내주는 화살촉 대형이 중요한 데는 이유가 있어. 그건 우리의 상징 대형이거든."

난 선수로도 관중으로도 운동에는 별 관심이 없다. 파인빌 중학교 미식축구팀의 경기도 전혀 본 적이 없었다. 그래서 파인빌 중학교의 완전 끝내주는 화살촉 대형이 뭔지 몰랐다. 하지만 언니의 정신 건강을 위해 아는 척하려고 애썼다.

"그래! 맞아! 그 끝내주는 화살…… 어…… 끝내주는 대형?"

언니는 이쯤에서 다 그만두고 싶었을 거다. 열세 살이나 됐으면서 파인빌 중학교의 완전 끝내주는 화살촉 대형을 모를 정도로 개념 없는 아이가 존재한다는 사실에 기가 막히고 코가 막혔을 테니까. 나한테 없는 개념은 바로 이런 거였다.

응원단!!!에는 열네 명의 단원이 있다. 가장 키가 큰 두 명이 167센티인데 걔들이 줄 가운데 선다. 그리고 남은 단원들이 키 순서대로 걔들 옆에 차례로 선다. 165센티, 162센티, 쭉쭉 가서 맨 끝에 152센티가 선다. 그런 식으로 서면 응원단의 대형이 화살촉을 닮은 끝내주는 형태가 되는 것이다.

애널리스 샤피로는 162센티 자리에 서는 아이였다.

"이제 그 자리는 네 거야! 넌 대형에서 필수적인 존재고!"

언니는 손바닥을 주먹으로 탁 쳤다.

"내 말은, 162센티가 없다고 165센티에서 160센티로 바로 가게 되면, 대형 한쪽은 망한다는 말이야."

"근데, 언니, 난⋯⋯."

"백 핸드스프링은 좀 하지? 카트휠은 어때? 그러니까 기본적인 카트휠은 할 수 있지, 그치?"

그러면서 언니는 **날 때부터** 카트휠(팔과 다리를 쭉 편 상태에서 옆으로 한 바퀴 몸을 회전시키는 체조 기술:옮긴이)을 한 사람처럼 웃었다. 말 그대로 병원에서 엄마 뱃속을 나올 때부터 몸을 한 바퀴 뒤집는 사람처럼 말이다.

난 기본적인 카트휠도 못 한다. 하지만 완벽한 언니가 평생 처음으로 관심을 보였는데 그 관심이 유지되느냐 마느냐가 카트휠 능력에 달려 있다면 누구라도 "응, 응, 카트휠쯤 할 수 있고말고!" 라고 대답할 수밖에 없을 거다.

"카트휠 못 하는 사람도 다 있어?"

난 몹시 빈정거리는 투로 말했다.

언니가 '내 말이, 그치?'라는 눈빛으로 나를 보면서 어깨를 가볍게 톡 쳤을 때, 맹세컨대 그 순간이 내 평생 언니와 가장 가깝게 느껴진 순간이었다. 난 이 순간이 계속되기를 바랐다.

"그건 그렇고, 오늘 우편물은 어딨니?"

이제 우리에게 남은 시간이 별로 없었다. 눈 깜박할 새면 언니는 문을 나가 학교로 돌아갈 거다. 그래서 난 탁자 위에 있는 우편물 무더기를 보여주면서 신청하지도 않은 목공 수업의 재앙이 닥친 것, 선생님이 상상할 수 없을 정도로 괴상하다는 것, 반에서 내가 유일한 여자라는 것, 선생님이 나를 그 수업에 그대로 둘 거라는 것 등을 조잘조잘 얘기했다.

"환상적이네!"

언니가 우편물을 뒤적이면서 말했다.

"농담해?"

"진담인데! 그런 멋진 상황을 왜 바꾸려고 그래? 경쟁자가 전혀 없잖아! '퀸카의 조건 3번: 첫 남자친구를 잘 골라야 한다'를 실천하기에 최상의 조건이네, 뭘."

난 대꾸할 필요성도 못 느꼈다. 목공 수업의 남자애들은 결코 내 타입이 아니었다. 비록 내가 어떤 타입을 원하는지 모르더라도 말이다.

"어쨌든 저 티셔츠들은 입지 마."

언니는 우편물을 내려놓으면서 당부했다.

이렇게 뜬금없이 툭툭 튀어나오는 언니의 지혜를 따라가기란 무척 힘들다.

"목공 수업 때? 아니면 선발시험 때?"

"아무 때도."

"왜 안 돼? 저 밴드들 멋있잖아, 안 그래?"

"어유~ 멋있는지 어떤지 난 몰라."

101

이건 또 무슨 소리람?

언니는 땅이 꺼져라 한숨을 쉬며 말했다.

"저것들은 록 음악을 하던 남자친구가 기념으로 남긴 마지막 흔적이야. 난 걔를 좋아했거든. 음악은 끔찍했지만."

현관문이 언니 뒤에서 닫혔고 난 언니한테 물어볼 생각도 못 했다. 그 사람이 '퀸카의 조건 3번: **첫 남자친구를 잘 골라야 한다**'의 주인공이었는지.

중학교는 숙제가 너무 많아

다음 날 언니가 시킨 대로 빈티지 티를 버리고 엄마가 몰에서 골라준 것 중에서 맘에 드는 티셔츠 하나를 입었다. 매끈매끈한 보라색 옷감에 은색 줄무늬가 들어간 탑인데 내가 가진 옷 중에서는 가장 화려한 옷일 거다. 브리짓한테서 곧바로 칭찬이 나왔다. 스쿨버스 승강장으로 걸어가면서 브리짓이 말했다.

"오해하진 마. 어제 입었던 빈티지 분위기도 좋았지만 이게 훨씬 더……."

"제시카답다고?"

난 미심쩍게 물었다. 반짝이는 은색 실이 조금 까끌까끌했다.

"훨씬 더 중학생 같아."

브리짓이 결론을 내렸다.

아무튼 좋은 선택을 했음에 틀림없다. 다른 애들도 나를 칭찬하느라 난리였으니까.

"예뻐! 멋져! 정말 사랑스러워!"

"너무 눈부셔!"

"완전 매력적이야!"

그리고 그 뒤로도 늘 비슷한 일이 벌어졌다. 내가 몰에서 사온 옷을 입을 때면 칭찬을 받았다. 사라, 만다, 호프 모두 진심이었을 거라고 생각한다. 하지만 이걸 지적하지 않을 수가 없다. 나의 매력적인 탑은 1학년 첫날에 브리짓과 사라가 입었던 끝내주는 치마와 같은 가게의 상품이고, 오늘 호프가 입고 있는 사랑스러운 카디건과 같은 가게의 상품이고, 아마도 내일 만다가 입을 환상적인 탱크와 같은 가게의 상품일 거다. 나의 **사랑스럽고 눈부시고 완전 매력적인** 패션을 칭찬하는 건, 사실은, 동시에 자기들을 칭찬하는 셈인 거다.

이건 지금까지 중학교 생활에서 알게 된 것들 중 한 가지일 뿐이다.

여기 한 가지가 더 있다. 중학교 선생님은 다들 숙제를 내는 사람이 자기밖에 없다는 착각에 빠진 것처럼 보인다. 물론, 숙제를 내는 건 별수 없다. 하지만 초등학교 때보다 너무 많이 낸다는 게 문제다! 예를 들어 오늘 밤만 해도 그렇다.

영어: 〈아웃사이더〉에서 가장 마음에 드는 인물에 대해 묘사하는 다섯 문단짜리 수필 쓰기.(난 포니보이를 골랐는데 그 애가 서술자라서 그런 것 같다. 포니보이는 책과 글쓰기를 좋아하고 무엇이든지 아주 많이 생각한다. 나처럼.)

스페인어: 'be' 동사를 정확히 사용하여 문장 열 개 만들기.(스페인어에는 두 종류의 be 동사가 있다. estar는 *가변적인 상황*에 쓰는 be 동사다. ser는 *불변의 진리*에 쓰는 be 동사다. 지금 내 인생에는 estar한 게 너무 많다.)

기초대수학: 사칙연산 연습문제 풀기.(수학에서 제일 멋진 건 답이 맞거나 틀리거나 둘 중 하나라는 거다. 나의 삶에서 찾기 힘든 ser 중 하나다.)

과학: 교과서 1과 1장 '자연과학의 일반 법칙' 선다형 복습문제 풀기.(자, 듣기엔 아주 쉬워 보이지? 하지만 이 숙제를 하다 보면 깜빡 잠이 들어서 교과서에 온통 침을 적셔놓기 일쑤다.)

사회: 새로운 지구의 지형도 그리기.(맙소사, 이건 해도 해도 너무하지 않나? 지금 지구 위에 있는 것들은 다 어쩌고? *아니면, 나보고 완전히 새로운 행성을 창조하란 말인가?*)

목공: 숙제 없음. **목공에서 좋은 점은 딱 이거 하나다.**

목공 얘기가 나왔으니 하는 말인데, 푸델 선생님만 아이들 이름을 못 외우는 게 아니었다. 어느 정도는 이해가 된다. 초등학교 선생님은 스물다섯 명의 아이들과 거의 하루 종일을 보낸다. 중학교 선생님들은 스물다섯 명으로 이루어진 학급을 무더기로 상대한다. 만약 선생님 중에서 딱 한 명이라도 1학년이 끝나기 전에 내 이름을 기억한다면 운이 좋은 거다.(미국 중학교에서는 각 과목별로 전문 교사를 따라 매 교시 교실을 옮겨 다니며 수업을 받는다:옮긴이) 하지만 푸델 선생님과 달리 대부분의 선생님들은 그래도 노력은 한다. 영어 선생님은 첫 주에 우리 이름을 하나라도 기억하려고 시도했다가 실패하자 **창의력을 발휘하기로** 결심했다!

영어 선생님은 **창의력 발휘**를 너무 좋아한다!

"창의력을 발휘해보자!"

만다를 '사라'로 부르는 실수를 저지른 뒤에 오든 선생님이 제안했다. 선생님이 실수를 하자 만다는 말을 딱딱 끊어서 했다. 만다는 정말 화가 났으면서 화나지 않은 척할 때 말을 딱딱 끊어서 한다는 걸 난 알고 있었다.

"전. 눈곱만큼도. 사라랑. 비슷하지. 않아요."

그건 사실이었다. 외모로만 보면 만다와 사라는 전혀 닮지 않았다. 가장 눈에 띄는 차이로, 사라는 코르크마개 따개처럼 구불구불한 밤색 머리고 만다는 다리미로 다린 듯한 짙은 금발이다. 하지만 오든 선생님의 변명처럼, 둘은 차림새(반짝이는 탑, 플레어스

커트)가 완전히 똑같았다. 둘만 똑같은 게 아니라—아, 이런—1학년 여학생의 반 정도가 그랬다.

나도 포함해서.

그래서 오든 선생님은 우리 모두에게 자기 이름을 다시 소개해보라고 했다. 단, 소개할 때 자기 이름의 첫 알파벳으로 시작하는 형용사를 사용해서.

"연상기억술이라고 하는 거예요. 이게 뭔지, 누구 아는 사람 있나요?"

아무도 손을 들지 않았다. 그러자 오든 선생님이 나를 봤다. 선생님은 벌써 내가 아슬아슬한 침묵에 약하다는 걸 눈치챈 거다.

"연상기억술이란 건 암기 방법이에요."

"맞았어요! 자기 이름을 한 번 더 말해줄래요?"

"제시카 달링이에요."

난 온 교실의 눈이 나를 향하고 있는 걸 느끼며 대답했다.

"어머, 네 이름을 외우는 데는 연상기억술도 필요 없겠다. 그래도 한번 들어보고 싶구나!"

선생님이 미소를 띠며 말했다.

난 벌써 한 개가 준비되어 있었다. 사실, 내가 연상기억술의 뜻을 아는 건 몇 년 동안 여러 번 이런 이름 게임을 해봤기 때문이다. 이 게임을 처음 해봤던 초딩 4학년 때는 나도 말문이 막혔었다. 한번 생각해보길: J로 시작하는 형용사는 정말 몇 개 없다.

결국 난 **화려한**(jazzy)을 썼다. 확실히 나한테 어울리는 단어는 아니었지만 머릿속에 맨 먼저 딱 떠오른 게 그 단어였다. 그건 몇 년 전 하늘나라에 있는 초대형 쳇바퀴를 돌리러 가버린 내 애완동물의 이름이었다. 그때 일부러 그런 건 아니겠지만, 도리 시포위츠가 뱉은 말이 나를 굴욕의 구렁텅이에 빠뜨리고 말았다.

"맞아! 넌 햄스터처럼 화려해!"

그후 두세 달 동안 내 주위에 '햄스터처럼 화려해'라는 구호가 따라다녔다. 만약 도리한테 그 일이 생기지 않았다면, 어쩌면 아직도 '햄스터처럼 화려해'가 나를 따라다녔을지 모른다. 봄 합창회 때 하필이면 〈사운드 오브 뮤직〉 메들리를 부르는 중에 도리가 오줌을 싸는 실수를 저지르고 말았다. 운명적으로 도리를 놀리는 새로운 구호가 등장했다. '도-레-미! 도-리-**피**!'(Dori pee. 도리가 오줌을 쌌다는 뜻:옮긴이)

이제 와서 되돌아보니 아마 그때부터 **3진소친**에 금이 가기 시작했던 것 같다.

아무튼 핵심은 이거다. 그때부터 내가 J 형용사를 준비해왔다는 것.

난 오든 선생님에게 말했다.

"저는 제시카예요. 저는 언론인다워요(journalistic)."

짐작했던 대로 오든 선생님은 너무나 좋아했다. 선생님께 사랑받는 학생이 되려고 한 건 아니었지만, 벌써 그렇게 되어가고 있는 게 분명했다. 거기다 경쟁 대상자도 별로 없었다. 내가 선택한 형용사는 이런 것들보다 훨씬 강렬했으니까.

"저는 사라고 달콤해요(sweet)!"

"저는 호프고 희망적이에요(hopeful)!"

(난 호프가 우리를 웃기려고 일부러 그런 걸 골랐다고 생각한다. 하지만 호프가 진심으로 그런 건지, 장난이었는지는 정말로 잘 모르겠다.)

그리고 마침내:

"저는 만다고 완대(mondo)해요."

그러자, 모두들, 오든 선생님도 포함해서, '뭐래?'의 반응을 보였다.

그건 정확히 만다가 노린 반응이었다.

"저는 완대해요."

만다는 그게 무슨 말인지 모르는 우리가 이상하다는 듯 당당하게 한 번 더 말했다.

점심시간이 되자 상황은 분명해졌다.

만다가 사라한테 "네 구두 정말 완대해."라고 말했다.

사라가 브리짓한테 "미식축구 선수들은 정말 완대해."라고 말했다.

브리짓은 우리 모두에게 "저기 버크 로이 정말 완대하지, 그치?"라고 말했다.

그리고 8교시 시작종이 울렸을 때 호프가 말했다.

"생활과학 시간에 오븐에 손을 데는 건 별로 완대하지 않을걸."

바로 이거다. 머지않은 어느 날, 파인빌 중학교 비속어 명예의 전당에 '완대하다'가 '굉장하다'와 '멋지다'의 뜻으로 오를 때, 우리는 처음으로 이 단어를 들었던 때를 떠올릴 거다. 1학년, 1교시, 영재반 영어시간. 더 중요한 건, 그 단어를 처음 쓴 사람이 만다라는 것도 우리가 기억할 거라는 사실이다.

그것 역시 정확하게 만다가 의도한 것이다.

다른 수업에 관한 소식으로는 목공이 있다. 푸델 선생님은 브로드웨이 풍자극에나 어울릴 법한, 두 팔 벌려 덮치는 춤으로 우리를 맞았다. 선생님은 노래까지 불렀다.

"나무~~가 되~~어~~라! 나무~~가 되~~어~~라!"

믿어도 된다. 이건 엄마 아빠의 개학 첫날 노래와 춤보다도 훠어어얼씬 희한했다. 이건 떠다니는 시(詩)의 여신인 오든 선생님한테서나 나올 법한 행동이지, 덩치가 프로 레슬러 같은 목공 선생님한테서 나올 건 못 된다. 선생님 말로는 이 노래가 우리 '내면의 자연적 본성'을 분명히 일깨우기 위한 것이란다. 왜냐하면 '나무를 존중한다면' 우리가 '나무를 낭비할' 확률이 훨씬 낮아지기 때문이라나.

푸델 선생님은 경고했다.

"나무를 낭비하는 짓은 이 교실에서 벌어질 수 있는 최악의 일이다."

빨강머리 소년 '시건방'이 내가 궁금했던 걸 대신 물어줬다.

"손가락을 잃는 것보다 더 나쁜가요?"

푸델 선생님은 검지손가락이 있었던 빈 공간으로 걔를 **가리켰다**. 내 말은, 손가락이 아직도 있다면 가리켰을 거란 말이다.

"그런 일은 일어나지 않는다. 너희들 모두 목공 안전시험을 통과했으니까."

이건 나한테 전혀 도움이 되지 않았다. 푸델 선생님도 인생의 어느 시점에서 목공 안전시험을 분명히 통과했을 테니까. 그런데도 선생님은 손가락 하나를 잃었다. 바로 이 교실에서. 우리한테 장담한 일을 선생님이 정확하게 해 보였으니까 우리도 모두 똑같은 일을 당할 준비가 확실히 된 셈이다.

어쨌거나, 일주일 정도 목공 안전 비디오를 시청한 후에 푸델 선생님은 우리가 드디어 '나무가 될' 준비가 됐다고 판단했다. 난 개인적으로 남은 목공시간 내내 선다형 목공 안전시험을 치면서 보내는 것이 낫다고 생각한다. 여기 시험 예제가 있다.

1. 대부분의 목공 사고는 누군가가 이것을 사용하지 않았을 때 일어난다.

1)**부탁드려요**나 **감사합니다** 같은 예의 바른 말

2)악취 제거제

3)**상식!!!**

물론 나 같은 사람은 없었다. 남자애들은 띠톱, 테이블톱, 마이터톱, 라우터, 선반, 접합대패(오직 선다형 시험에 나올 때만 안심할 수 있는, 이름만 들어도 섬뜩한 도구)에 빨리 손을 집어넣지 못해 안달이었다.

"저, 푸델 선생님."

"왜 그러니, 클레멘타인?"

내 성이 달링이라는 걸 안 뒤, 선생님은 나를 클레멘타인이라고 불렀다. 캠프파이어를 할 때나 부르는 옛날 노래(미국 민요 〈Oh, My Darling Clementine〉:옮긴이)에 나오는 그 클레멘타인. 그래도 선생님이 남자애들한테 수여한 별명(좆알이, 꼬린내, 꼼지락, 기타 등등)에 비하면 이건 괜찮은 별명이다. 이런 것들과 비교하면 '시건방'도 오히려 근사한 축에 속한다.

"저기, 혹시, 안전시험을 다른 걸로 더 칠 순 없을까요? 저는 아무래도 아직ー"

푸델 선생님은 내 말을 딱 잘랐다. 손가락 자르듯이.

"수업 참여도는 네가 만든 작품으로 평가하고 성적에 90퍼센트가 반영된단다, 클레멘타인. 숟가락을 못 만들면 바로 낙제지."

그래서 여기 또 다른 선다형 문제를 하나 만들었다.

1. 너는 목공 수업을 듣고 있다. **네가 신청하지도 않았던 수업**이다. 너는 위험한 공구를 사용하여 부드러운 단풍나무 덩어리로 숟가락을 만들어내라는 지시를 받았다. 어떻게 할 것인가?

   1)거부하고 수업을 낙제해서 학업 기록에 유일한 오점을 남긴다.

   2)동의하고 손 하나를 포기한다.

   3)보기 없음

에휴. 난 목공을 낙제하거나 손을 잃거나 둘 중 하나가 될 운명이었다.

치어리더 연습

잠깐만. 목공 수업에 반전의 기회가 있다! 내가 손을 잃어버린다면 응원단!!!에 도전할 수 없게 되는 거다!!!

앗싸.

웃기지 마셔. 나의 핸드스프링(도움닫기 후 두 손으로 바닥을 짚고 그 탄력으로 몸을 회전하며 착지하는 체조 동작:옮긴이)이 지금보다 더 나빠질 가능성은 눈곱만큼도 없다. 손 하나가 **없어진다고 해서** 달라질 건 없다는 말이다.

아, 내가 '퀸카의 조건' 2번을 까맣게 잊어버린 건 아니다. 불행히도, 나의 주의산만 전략(가장 걱정되는 문제 빼고 다른 문제들만 생각하기)은 효과가 그리 길지 않았다. 특히 점심 식탁에 앉은 네 명 중 셋이 응원단!!! 신청서에 이름을 적은 상황에서는. 그렇다. 브리짓, 만다, 그리고 사라 역시 응원단!!! 선발시험에 도전했다.

태어날 때부터 나를 알았던 브리짓만 신청서에 적힌 내 이름을 보고 바람직한 반응을 보였다. 그러니까, 깜짝 놀라며 물었다.

"**네가** 응원단 선발시험에 도전한다고? 네가 왜 응원단 선발시험에 도전하려는 건데?"

점심 식탁을 둘러싼 네 쌍의 눈이 나를 깐깐하게 살폈다. 난 '퀸카의 조건'을 밝히고 싶지 않았다. 그건 언니와 나 사이에만 간직하고 싶었다. 그래서 난 진실 대신 전략을 선택했다.

"어, 너희들이 응원단에 도전하는 것과 같은 이유지, 뭐."

"애교심?"(브리짓)

"완대한 유니폼?"(사라)

"완대한 남자애들?"(만다)

"어, 응, 그래. 그런 거야."

자기만큼이나 나를 잘 아는 브리짓은 그쯤에서 멈추지 않았다. 브리짓은 따져 물었다.

"넌 앞구르기도 겨우 하잖아! **3진소친**이 올림픽 체조팀 놀이를 할 때도 넌 항상 선수들한테 소리 지르는 무서운 동유럽 코치 역할만 했잖아!"

보통 만다는 브리짓이 하는 얘기는 하나도 안 듣는 척했다. 하지만 이번엔 달랐다.

"**3진소친**이 뭐야?"

115

"아! 그건 별명인데, 제시카랑 우리 옛날 친구—**아야!**"

난 식탁 아래로 브리짓을 찼다. 우리가 도리 시포위츠와 단짝친구였다고 모두에게 말하는 불상사를 막아야 했으니까. 난 재빨리 화제를 돌렸다.

"그런데, 호프! **넌** 왜 응원단에 도전 안 해?"

호프는 노트에서 고개를 들었다.

"어, 뭐라고?"

호프는 선생님들의 초상화를 끼적거리느라 우리 대화에는 거의 신경을 쓰지 않고 있었다. 호프가 그린 토드 선생님의 프랑켄슈타인 같은 네모머리는 깜짝 놀랄 정도로 진짜 같았다.

"넌 왜 응원단에 도전 안 하냐고!"

그때 만다가 끼어들었다.

"맞아. 호프, 말해봐. 우리가 했던 일심동체 약속을 왜 어기는 건데? 다 같이 응원단이 되기로 했었잖아."

만다, 사라, 호프가 그런 약속을 한 걸 난 몰랐다. 했다면 언제 했는지도. 내가 아는 건 그 약속에 난 들어 있지 않다는 거였다.

호프가 한숨을 쉬며 연필을 내려놓았다.

"난 그냥 응원단감이 아니야."

그러곤 연필을 쥐더니 토드 선생님의 충혈된 눈동자에 그림자를 넣기 시작했다.

만다가 호프를 다그쳤다.

"하지만 그러겠다고 **약속했잖아.**"

사라도 거들었다.

"맙소사! 넌 진짜로 약속했어."

그때 8교시 시작종이 울리는 바람에 이 논쟁은 계속될 수 없었다. 그때는 말할 시간이 없었지만, 이젠 말해야겠다. 그날부터 호프한테 점점 더 관심이 생겼다. 불행히도, 호프는 나에 대해 관심을 가지는 것 같지 않았지만.

아무튼, 브리짓은 집으로 가는 버스 안에서도 그 화제를 포기하지 않았다.

"부모님이 너한테 응원단 들어가라고 한 거야?"

"왜 그렇게 생각한 건데?"

솔직히 브리짓이 왜 그렇게 생각했는지 나도 정확히 안다. 브리짓은 우리 부모님을 잘 안다. 사실은, 부모님이 벌써 최후통첩(**"방과후활동을 하나 골라라. 안 그러면 우리가 하나 골라주겠다."**)을 내렸다고 해도 브리짓은 놀라지 않을 거다.

"왜냐면 너랑 응원단을 묶어서 생각하는 건 뭐랄까……"

브리짓은 머리카락 끝을 잡아당겼다. 마치 뇌 속의 전구를 켜려는 것 같았다.

"캡틴크런치랑 우유 같거든!"

117

이건 우리 둘만 아는 농담이다. 난 그 달콤한 시리얼을 손에 넘치도록 상자에서 꺼낸 뒤 맨입으로 먹는 걸 더 좋아하는데 그 사실을 아는 사람은 브리짓뿐이다.

"그러니까 내 생각에 가장 그럴싸한 추리는, 너네 부모님이 응원단에 도전하라고 강요했다는 거야. 왜냐면, 그러니까, 베다니 언니가 중학교 때 응원단을 했으니까, 부모님 생각엔, 그러니까, 중학교에 가면 여자애들은 누구나 응원단을 할 거라고 생각하신 거지."

엄마와 아빠는 내가 응원단!!!에 도전한다는 걸 꿈에도 모른다. 그리고 응원단!!!이 부모님이 '찬성할 만한' 방과후활동 목록에 있을지도 상당히 의문스럽다. 특히 아빠. 아빠는 언니가 몇 년 동안 평균 이하의 학업 성적을 받은 건 피라미드 꼭대기에서 하도 많이 떨어진 탓이라고 주장했다.

브리짓은 나한테 몸을 기울인 채 눈을 크게 뜨고 자기 이론이 맞다는 대답을 기다렸다. 난 거짓말을 하고 싶지 않았지만, 그렇다고 진실을 말하고 싶지도 않았다. '퀸카의 조건'과 다르게 브리짓의 설명은 실제로 그럴싸했다.

"맞아, 다 우리 부모님 탓이야."

부모님 탓으로 돌리는 건 완벽하게 논리적이고 진실보다도 훨씬 나았다.

아무튼 난 스스로에게 그렇게 둘러댔다.

브리짓이 이 화제를 버스에 두고 내린 게 아니란 걸 알았어야 했는데. 그날 오후 늦게, 난 해먹에서 9월 중순 늦여름의 햇볕을 즐기면서 '자연과학의 일반 법칙'과 함께 졸고 있었다. 그때 귀청을 찢는 듯한 소리에 기절초풍했다. **호르르르륵!**

고개를 들어 보니 브리짓이 우뚝 서서 나를 내려다보고 있었다. 브리짓은 90도 각도로 다리를 벌리고 불끈 쥔 두 주먹을 허리에 얹고 있었다. 머리카락은 야구모자 안으로 말아 넣고 윗입술에는 터부룩한 검은 콧수염을 붙이고 있었다.

호르르르륵!

브리짓은 은색 호루라기를 뱉어내고 고래고래 소리를 지르기 시작했다.

"넌 응원단에 들어가길 원한다! 넌 응원단에 들어가기 위해 연습한다!"

아하. 브리짓은 무서운 동유럽 코치 노릇을 하려는 거였다. 난 미숙한 체조 선수이고 브리짓은 나를 금메달감으로 조련시킬 계획이다. 브리짓과 나의 차이점은 내가 도전해야 하는 모든 곡예를 브리짓은 이미 정확하게 할 수 있다는 거다.

"넌 백텀을 한다. 이렇게 말이다."

그러곤 가뿐하게 뛰어올라 공중에서 뒤로 한 바퀴 돈 뒤 두 발로 착지했다.

난 고개를 절레절레 저었다.

"넌 에어리얼을 한다. 이렇게 말이다."

브리짓은 손을 대지 않고 카트휠을 했다. 야구모자는 미동도
안 했다. 콧수염도 마찬가지였다. 내 눈에는 불가능하게만 보이
는 이런 일을 브리짓은 어쩌면 저리도 쉽게 할 수 있을까?

다시 한 번 난 **턱도 없다**고 말했다.

"넌…… 아…… 토터치를 한다. 이렇게 말이다."

브리짓은 공중으로 뛰어올라 두 다리를 쫙 벌린 뒤 양손 끝으
로 운동화를 건드렸다.

이번에는 안 된다고 말하지 않았다. 그냥 미심쩍은 눈으로 바라
봤을 뿐.

브리짓은 평소 목소리로 말했다.

"해봐, 제시카. 단짝친구 앞에서도 안 해보고 내일 낯선 사람들
이 잔뜩 지켜보는 데서는 어떻게 하려고 그래?"

무척 타당한 말이었다. 하지만 내가 공감을 표현할 틈도 주지
않고 브리짓은 벌써 나한테 소리치는 사람으로 돌아가 있었다.

"넌 토터치를 한다. 이렇게 말이다."

이건 질문이 아니라 명령이었다. 난 항복했다.

"알았어. 토터치 해볼게."

난 토터치에 도전했다. 그리고 잔디 위로 찌그러져서 하마터면 머리가 쪼개질 뻔했다. 언제나 긍정적인 브리짓조차 나의 한계를 받아들이고 둘러대기 시작했다.

"하긴 넌 키가 너무 커서 플라이어(응원단 대형의 위쪽에서 곡예를 하는 사람:옮긴이)가 될 순 없어. 아마 베이스는 될 수 있을 거야."

"베이스?"

"곡예할 때 밑에 있는 애들 말이야."

이건 정말 재미없게 들렸다. 내 표정을 읽었는지 브리짓이 재빨리 베이스의 중요성을 이야기했다.

"그래, 플라이어가 모든 영광을 차지하지. 하지만 베이스가 없다면 플라이어는 아무 곡예도 할 수 없어."

그래서 우리는 베이스로서 나의 잠재력을 점검해봤다. 브리짓은 내 팔다리를 사다리 계단처럼 사용해서 어깨 위로 올라가려고 했다. 난 비틀비틀, 휘청휘청거리면서 균형을 잡으려고 애썼다.

하지만 이번 시도의 결과 역시 잔디 위로 찌그러지기, 머리 깨지게 구르기였다. 거기다 이번에는 엎친 데 덮친 격으로 브리짓이 내 바로 위에 착지했다. 이쯤 되자 브리짓도 포기했다.

"너희 부모님 미쳤나 봐."

브리짓은 딱 잘라 말하며 팔꿈치를 문질렀다. 그 팔꿈치가 아까 찌른 곳은 내 갈비뼈였다.

"네 목숨만 위험한 게 아니라 단원 모두의 목숨이 위험해진다는 것도 모르시나?"

난 정말 그런 식으로는 생각해보지 않았다. 브리짓이 너무 심각하길래 0.1초쯤은 '퀸카의 조건'과 내가 응원단!!!에 도전하는 진짜 이유를 다 고백해버릴까도 생각했다. 하지만 브리짓은 절대로 오랫동안 화를 내지는 않는다. 브리짓은 부모님의 이혼 덕분에 정말 화낼 일이 무엇인지 알게 됐다고 했다. 그것 말고 다른 것들은 다 별것 아니라고 했다. 역시나 몇 초 만에 브리짓은 다시 나한테 웃어줬다.

"이 정도면 연습은 충분해! 제시카, 넌 멋지게 해낼 거야! 난 그냥 알아! 넌 모든 일에 항상 완대했으니까!"

사실을 정확히 말하자면 먼저, 난 절대로 모든 일에 완대하지 않았다. 그건 만다가 그냥 지어낸 단어니까. 둘째, 브리짓은 내가 농구 '드리블'을 하는 걸 봤고, 클라리넷 '연주'하는 걸 들었고, 내가 만든 '브라우니'를 맛봤다. 브리짓이 나의 가장 믿음직한 친구인지, 아니면 과대망상에 빠진 친구인지 잘 모르겠다.

어쩌면 둘 다일지도 모르지.

"열심히 연습했으니 이제 충전을 한다!"

브리짓이 BMB 가방을 반쯤 열자 안에 캡틴크런치와 콜라 두 병이 보였다. 우리는 환호성을 지르며 내 방으로 뛰어올라가서 깔

개 위에 앉아 평화롭게 정크푸드(칼로리는 높으나 건강에는 좋지 않은 인스턴트 식품:옮긴이) 소풍을 즐겼다. 화학첨가물과 인공감미료에 질색하는 엄마 덕분에 정크푸드를 이루는 모든 재료가 나한테는 환상적으로 맛있었다.

우리는 병뚜껑을 열었다. 탄산이 치이이익 하고 짜릿한 소리를 냈다.

난 브리짓의 병에 내 병을 갖다 대며 말했다.

"건배!"

"건배(cheers)!!! 그리고 우린 응원단(cheer team)!!!에 도전하려고 해! 신기하지 않니?"

브리짓이 들뜬 목소리로 말했다.

그건 하나도 신기하지 않았다. 우리는 정크푸드 소풍 때마다 항상 건배라고 말했으니까. 하지만 브리짓은 오늘의 건배에 우주적인 의미라도 있는 것처럼 좋아했고 난 브리짓의 기분을 망치고 싶지 않았다.

"오늘 저녁식사 때 왜 잘 안 먹냐고 엄마가 물으면 뭐라고 할래?"

브리짓이 가짜 콧수염을 떼어내며 물었다.

"그냥 이렇게 말하지 뭐. 엄마가 사다 준 '맛이 풍부한' 그래놀라 바와 '미네랄이 풍부한' 탄산수 덕분에 배가 너무 부르다고."

브리짓이 웃었다. **무엇 때문인지** 모르지만 난 확실히 배가 잔뜩 불렀다.

그때 갑자기 브리짓이 입을 다물었고 시리얼을 아삭아삭 씹는 소리만 들렸다. 브리짓의 귀가 붉어지는 게 엄마와 아빠 얘기를 꺼내려는가 싶어 두려워졌다. 오늘 오후는 긍정적인 격려 연설을 할 기분이 전혀 아닌데. 하지만 브리짓은 뭔가 다른 생각을 하고 있었다. 그것도 내가 뭐라고 해주기엔 부모님의 이혼과는 비교할 수 없을 정도로 어려운 문제를.

브리짓이 손바닥을 마주쳐 시리얼 가루를 탁탁 털어내며 물었다.

"근데! 넌 누구를 좋아하니?"

이건 내가 예상한 질문이 전혀 아니었다. 난 어리벙벙하게 되물었다.

"내가 누구를 좋아하냐고?"

"응, 그래. 넌…… 누구를…… 좋아하냐고."

브리짓은 다시 한 번 천천히 물었다. 마치 우리가 서로 다른 언어를 쓰고 있기나 하다는 듯이.

"글쎄. 으음…… 만다와 사라를 좋아하는 것 같아. 지금까지 나한테 꽤 잘해줬으니까. 그리고 호프는 조금씩 알아가는-"

그러자 브리짓이 장난스럽게 내 팔을 찰싹 때렸다.

124

"여자애들 말고, 바보야!"

브리짓은 깔깔대며 웃었다.

"남자애들 말이야! 어떤 남자애들을 좋아하냐고!"

브리짓은 너무나 당연하다는 듯이 그렇게 말했다. 딴소리할 여지는 눈곱만큼도 없다는 듯. 거기다 남자애 하나가 아니라, **남자애들**이라고 **복수**로 말했다.

난 우물거렸다.

"으음…… 글쎄…… 아직 잘…….."

브리짓이 나한테 가까이 오라는 몸짓을 하더니 속살거렸다.

"비밀 지켜줄 수 있지?"

난 고개를 끄덕였다. 브리짓이 있지도 않은 내 연애에 관심 없어 보이는 눈치인 데 안심하면서. 다행스럽게도 브리짓은 내가 좋아하는 남자애들 얘기보다는 자기가 좋아하는 아주 특별한 남자애 하나에 대해 얘기하고 싶은 거였다.

"나, 버크 로이를 좋아하는 것 같아!"

브리짓은 두 팔로 자기 몸을 피도 안 통하게 꽉 감싸며 말했다.

"그리고 버크도 날 좋아하는 것 같아!"

내가 남자/여자 문제에 대해 잘 모르는 건 분명하다. 하지만 그런 내 눈에도 버크가 브리짓한테 완전히 **빠진** 건 확실히 보였다. 그리고 그 반대도. 그러니 내가 브리짓한테 할 수 있는 말은 이것뿐이었다.

"이런!"

이건 적당한 대답이 아니었나 보다. 브리짓의 얼굴이 어두워졌다.

"어느 대목이 '이런'인데?"

브리짓이 걱정스럽게 물었다.

"내가 버크를 좋아하는 게 이런이야, 아님 버크가 날 좋아하는 게 이런이야? 만약에 난 버크를 좋아하는데 버크가 날 안 좋아하는 게 분명하다면 엄청나게 부끄러운 일이잖아. 왜냐면 버크는 완전 잘나가는 2학년이고 난 그저 한심한 1학년 병아리……."

브리짓의 얼굴이 정지 신호등처럼 새빨개졌다. 내가 브리짓을 멈춰야 할 때였다.

"잠깐만! 좀 진정해봐!"

브리짓은 잠시 씩씩거리고 후후거렸다. 사춘기 심장마비에서 자신을 살려내려고 애쓰는 것처럼.

"그런 뜻으로 이런이라고 한 거 아니야. 버크는 학교 첫날부터 확실히 널 좋아했어. 그리고 너도 분명히 버크를 좋아해. 왜냐면……."

근데 브리짓이 왜 버크를 좋아하지? 버크가 매력적인 미식축구 선수라서? 그게 그렇게 중요한가? 브리짓이 버크에 대해 아는 게 뭐지? 얘들이 대화라도 한 번 나눠봤나? 아니면 버크가 인상적인

겨드랑이 방귀(겨드랑이에 손을 대고 방귀 소리를 흉내 내는 것:옮긴이)
소리만으로도 브리짓과 통했나?

브리짓은 꺄악 소리를 지르고 말했다.

"걔가 버크 로이니까 좋은 거지! 걔는 잘나가고 인기 있는 미식
축구 선수잖아. 어떻게 안 좋아할 수가 있어?"

난 즉시 대답했다.

"난 안 좋아해."

브리짓은 고개를 옆으로 기울였다.

"그래, 하지만 그건 내가 걔를 좋아하는 걸 네가 알기 때문이야.
넌 진짜 친한 친구니까 내가 관심 있어 하는 사람을 절대로 좋아
하지 않을 거야. 그건 우정에서 가장 중요한 규칙을 깨는 거니까!
안 그랬으면 너도 걔를 완전 좋아했을 게 틀림없어."

이런 말도 안 되는 주장을 부인하면 왠지 브리짓이 기분 나빠
할 것 같았다. 그래서 난 아무 말도 하지 않고 브리짓이 그렇게
생각하도록 내버려두었다. 이건 잘한 일이었다. 왜냐하면 브리짓
은 그 뒤 30분 동안 새롭고 재미있는 화제는 전혀 꺼내지 않은 채
계속 이 얘기만 했기 때문이다.

"그래서 내 생각엔 나도 걔를 좋아하고 걔도 날 좋아하는 것 같
은데, 이건, 정말, 와우, 걔는 완전 잘나가고 인기 있는 미식축구
선수지만 난 그저, 하찮은 1학년인데, 네 생각엔 내가 자길 좋아

하는 걸 걔가 아는 것 같니? 걔도 날 좋아하는 것 같다는 걸 내가
아는 걸 걔도 아는 것 같니?"

내 기분 알겠지?

만약 엄마가 방문을 두드리지 않았다면 브리짓은 지치다 못해
미칠 때까지 버크 로이 얘기를 늘어놨을 거다.

"얘들아~~~~~? 뭐 하니?"

방문을 잠가두길 정말 잘했다. 우리는 시리얼 상자와 콜라병을
잽싸게 침대 밑에 숨긴 뒤 문을 열었다.

"다녀오셨어요?"

"안녕하세요, 아줌마!"

엄마는 뭔가 찜찜하다는 듯 코를 킁킁거렸다. 맹세컨대 건강 염
려증에 걸린 우리 엄마한테 캡틴크런치와 콜라는 술과 마약이나
마찬가지다.

"브리짓, 우리랑 같이 저녁 먹을래? 오늘 저녁은 케일 캐서롤(한
국 음식의 찌개나 찜 비슷한 요리:옮긴이)이거든!"

엄마는 여전히 방을 두리번거리며 물었다. 규칙이 깨진 것 같은
희미한 낌새를 확인시켜줄 증거를 찾으려는 거겠지.

장담하는데 브리짓은 엄마 앞에서 대놓고 거절할 리가 없다.

"고마워요, 아줌마. 하지만 제가 먹어치워야 할 부리토(토르티야
에 콩과 고기 등을 넣어 만든 멕시코 요리:옮긴이)가 집에 있어서요."

엄마는 찡그린 얼굴로 웃어 보이기 위해 무진장 애를 썼다.

"그래? 하지만 언제라도 환영인 거 알지?"

브리짓은 엄마한테 고맙다고 하고는 일어섰다. 그리고 나한테 마지막 조언 한 마디를 남기고 떠났다.

"제시카, 자신이 없을 땐 그냥 웃고, 웃고, 또 웃는 거야!"

브리짓이 곁을 사뿐사뿐 지나갈 때 엄마는 거의 존경에 가까운 눈빛으로 브리짓을 바라봤다. 그리고 브리짓한테 안 들릴 때까지 기다렸다가 말문을 열었다.

"그렇게 힘든 일을 겪고도 어쩜 저렇게 훌륭한 생각을 하니!"

그건 맞는 말이다. 브리짓에겐 행복한 얼굴이 응원단!!! 선발시험에만 한정되지 않는다. 그건 브리짓 인생의 사명이다. 하지만 브리짓이 얼마나 자주 명랑한 겉모습 아래 우울한 기분을 감추고 나를 속였는지 아는가?

아니, 모두를 속인 건가?

"너도 저런 태도를 가지면 분명히 이득이 될 텐데. 요새 브리짓 피부가 어떤지 너도 아니? 반짝반짝 빛이 나잖아!"

그러곤 대답할 틈도 주지 않고 내 뺨을 콕 찔렀다.

"아야!"

뺨을 문지르자 작게 부푼 여드름이 느껴졌다. 엄마가 말 그대로 콕 찔러주기 전에는 여드름이 났는지도 몰랐다.

"너도 브리짓처럼 조금만 더 긍정적이면 아마 여드름도 안 날 걸."

아래층으로 내려가는 엄마를 보고 있으려니 엄마 말을 뒤집어 생각하지 않을 수가 없었다.

브리짓처럼 여드름이 안 났다면 아마 나도 훨씬 더 긍정적이었 을 거라고.

14장
옛 친구를 외면하다

응원단!!! 선발시험은 내일이다. 하지만 오늘도 그에 못지않은 대박 사건이 벌어졌다.

"이런! 너, 응원복장은 어떻게 된 거야?"

홈룸 시간 전에 라커룸에서 나를 본 사라가 비명을 질렀다.

그때까지 난 **응원복장**이란 말 자체를 들어본 적이 없었다. 하지만 사라를 딱 보는 순간 그게 뭘 말하는 건지 정확히 알 수 있었다. 사라는 머리에 꽂은 빛나는 활 모양 핀부터 반짝이는 운동화 끈까지 온통 빨강, 하양, 파랑의 파인빌 중학교 상징색으로 차려입고 있었다. 거기다 평소에 하는 화장 위에 페이스페인팅으로 춤추는 병아리를 그리기까지 했다.

난 사라의 뺨을 가리키며 말했다.

"병아리 귀여운데."

"어이없어! 이건 병아리가 아니라 우리 학교 마스코트야!"

사라가 톡 쏘아붙였다.

어어. 알고 있었더라면 좋았을걸.

"아, 이제 보니 그러네! 나는 갈매기."

"힘찬 갈매기거든! 도대체 넌 아무것도 모르니? 그리고 응원복 장은 어떡한 거야? 오늘 우리 모두 응원복장을 하자고 맘다가 그랬잖아."

아까도 말했지만, 난 이 대화가 시작되기 30초 전까지만 해도 응원복장 같은 게 있는지조차 몰랐던 사람이다. 사라는 너무 기분이 나빴는지 내 대답은 듣지도 않고 사물함에 붙은 거울로 죄 없는 새를 노려봤다. 그러곤 화장지에 침을 묻히더니 뺨을 마구 문지르기 시작했다. 그러자 새가 없어지기는커녕 관자놀이에서 턱까지 더 번져서 사라의 화만 돋웠다.

"이런! 이런! 이런!"

사라는 선생님에게 가서 홈룸 시간에 들어갈 수 없다고 말했다. '여자들만의 그 일' 때문에 화장실에 가봐야 한다고 둘러댄 거다. 그러곤 복도를 가로질러 WXYZ로 시작되는 성을 가진 아이들의 교실로 가서 호프 위버를 불러낸 뒤 화장실에서 자기 얼굴을 고치게 했다.

호프의 예술가적 마법은 성공했다. 사라가 잘난 척하며 1교시에 들어왔을 때 겁쟁이 병아리가 있던 자리에는 힘찬 갈매기의 복사판이 자리 잡고 있었다.

난 호프한테 말했다.

"대박인데."

"아직 축하하긴 이를걸."

호프는 무뚝뚝하게 대답했다.

무슨 뜻이냐고 물으려는데 만다가 으스대며 교실로 들어오더니 미리 연습한 것 같은 가식적인 목소리로 말했다.

"사라! 네 응원복장 정말 완대하다."

만다는 응원복장 비슷한 것도 하지 않았다. 사라는 비명을 질렀다.

"이런! 만다! 네 응원복장은 어떻게 한 거야?"

만다는 무슨 말이냐는 듯 눈을 휘둥그렇게 뜨고 말했다.

"내가 보낸 문자 못 봤어?"

"무슨 문자?"

사라는 이를 악물고 말했다. 사라가 턱을 악물 때마다 뺨이 불룩해지면서 힘찬 갈매기가 날개를 퍼덕이는 것 같았다.

"내가 문자 보냈잖아. 오늘 응원복장을 입는 건 별로 좋은 생각이 아닌 것 같다고. 경쟁자들이 자극을 받아서 내일 선발시험 때 우리랑 똑같이 하고 오면 안 되잖아. 그래서 우리가 눈에 확 띌 수 있게 내일 선발시험 직전까지 기다리는 게 현명할 것 같다고 문자 보냈는데?"

그러고서 만다는 나한테 눈을 찡긋했다. 마치 내가 한편이라도 된다는 듯이.

"맙소사! 그러니까 제시카는 네 문자를 받았는데 난 못 받았다고?"

"아니야, 난 아무 문자도 안 받았어!"

"그럼 왜 나만 바보처럼 춤추는 병아리를 뺨에 그린 채 온 학교를 돌아다녀야 하는 건데?!?"

"갈매기."

호프와 내가 동시에 말했다. 짜기라도 한 것처럼 동시에 같은 말을 뱉고 나니 키득키득 웃음이 나왔다. 근데 이건 잘한 짓이 아니었다. 사라는 카랑카랑한 목소리로 말했다.

"하하하. 모두들 사라를 비웃으라지. 하하하하. 맙소사, 너희들 모두 재수 없어."

만다는 눈을 감고 관자놀이를 문질렀다. 마치 이 대화 때문에 어~~~엄청난 두통이 생겼다는 듯이. 만다는 오만하게 말했다.

"제바아아알, 사라. 너, 너무 피해망상 같아."

정확히 어디에 문자를 보냈는가를 두고 만다와 사라가 답도 없는 논쟁을 벌이는 동안, 호프는 눈을 굴리면서 나를 향해 어깨를 으쓱해 보였다. '어때?' 그러는 것 같았다. 난 호프한테 소곤소곤 물었다.

"만다가 사라를 속인 거 알았어?"

호프는 만다와 사라의 팽팽한 접전을 힐끗 보더니 일부러 한숨을 쉬었다.

"아니. 하지만 하나가 다른 하나를 자극할 뭔가를 하리란 건 알았어. 장담하는데 사라는 하루 종일 응원복장을 입고 다닐걸. 자기가 그걸 벗었을 때 만다가 통쾌해하는 꼴을 보고 싶지 않아서. 진짜 좋은 친구들 아니니? 쳇!"

난 생각했다. 브리짓이 나한테 체조 동작을 가르쳐주려고 일부러 와서 어떻게 나를 격려해줬는지. 또 내 인생에 브리짓 같은 친구가 있는 게 얼마나 행운인지. 혹시 호프에게도 브리짓 같은 친구가 있는지 궁금해졌다.

결국 그날 남은 시간 내내 만다와 사라는 말 대신 서로 꼬나보기만 했다. 만약 공동의 적이 나타나지 않았더라면 만다와 사라는 아직도 서로를 침묵으로 대했을 게 분명하다.

사라가 점심 식판을 탁 내려놓으며 소리쳤다.

"맙소사! 누가 응원단 선발시험에 도전하는지 아니!?!"

누구한테 하는 질문인지 몰라서 아무도 대답하지 않았다.

"누가 응원단 선발시험에 도전했길래?"

만다가 물었다. 만다는 관심 없는 척 물었지만 이 정보를 몹시 궁금해하는 게 확실했다. 만다는 그게 뭐든지 간에 자기는 모르는데 사라가 아는 걸 질색했다.

"도리 시포위츠!"

나도 모르게 입이 딱 벌어졌다. **3진소친** 시절을 되돌아보면, 도리는 브리짓보다 훨씬 체조를 잘했다. 그러니까 도리가 응원단!!! 이 되는 건 당연한 일이다. 난 사라한테 물었다.

"그걸 어떻게 알아?"

"쳇! 내가 명단을 봤다구! 도리가 방금 이름을 쓴 게 확실해!"

만다는 사라가 물어온 소식에 동요하지 않았다.

"도리 시포위츠가 누군데, 내가 왜 신경 써야 돼?"

그때 마침 브리짓이 식탁에 다가오다가 만다의 말을 들었다.

"도리 시포위츠?"

브리짓이 몇 년 동안 불러보지 못한 이름을 부르듯 물었다. 하긴 몇 년 동안 못 불러보긴 했지.

"도리 시포위츠."

치아교정기를 뺀 뒤 웃음을 그치지 못한 것처럼 브리짓은 '도리 시포위츠'를 한 번 부르기 시작하자 멈출 수 없는 것 같았다.

"도리 시포위츠가 왜? 도리 시포위츠가 우리 학교에 다녀? 도리 시포위츠가 우리 학교에 왔을 거라곤 상상도 못 했는데!"

이것만 봐도 도리 시포위츠가 파인빌 중학교에서 얼마나 존재감이 없는지 알 수 있다. 도리는 2주도 넘게 브리짓과 같은 곳에서 점심을 먹었는데 브리짓은 도리를 전혀 알아보지 못한 거다.

"제시카, 넌 도리 시포위츠가 우리 학교에 온 걸 알았니?"

난 소심하게 어깨를 으쓱했다. 이 정도면 답으로 충분했다. 왜냐하면 사라가 모든 걸 다 말할 기세였으니까. 사라는 첫날 도시락 사는 줄에서 새치기를 한 이후론 도리의 존재를 신경도 쓰지 않았다. 그런데 사라가 **언제** 도리의 이름을 알게 되었을까? 그건 잘 모르겠지만 사라가 도리의 이름을 **왜** 알고 있는지는 안다. 2주 전 홈룸 시간에 처음 만난 이후로 내가 사라에 대해 알게 된 것이 있다. 사라는 모든 사람(도리 시포위츠같이 별 볼 일 없는 사람까지도)에 대한 소문을 알기 위해 사는 애 같았다. 사라는 어떤 정보라도 나중에 유용하게 쓰일 수 있기 때문에 일단 정보는 많을수록 좋다고 주장했다.

"도리는 사각 탁자에 낫들과 함께 앉는 애야! 주방 근처 말이야!" 사라는 만다한테 벌컥 화를 내며 말했다. "**그게 바로** 네가 신경 써야 하는 이유라구!"

만다에겐 이거면 충분했다.

"주방 근처! 사각 탁자! 거기 앉는 낫이 응원단감이라고? 설마."

"내 말이."

만다와 사라가 '응원단감'의 자질(주방 근처 사각 탁자에 앉는 애는 절대로 아니다)에 대해 토론하는 동안 호프가 내 눈길을 끌었다. 호프가 입모양을 지어 보였다.

"다-안-짜-악."

호프가 또 한 번 나를 웃게 만들었다. 오늘 같은 신경 거슬리고 메스꺼운 날에.

사라가 야생 짐승이라도 본 것처럼 고함을 질렀다.

"저기! 바로 저기 있어!"

우리는 모두 주방 근처 사각 탁자를 향해 고개를 홱 돌렸다.

만다가 갈라진 목소리로 물었다.

"저기 '비포어(before)' 사진같이 생긴 애?"

인정하기는 끔찍이도 싫지만 도리가 화장 시연의 지원자처럼 보이긴 했다. 도리는 연갈색 머리에 화장도 하지 않았다. 그리고 패션에 대해선 나보다도 관심이 없어 보였다. 도리가 좋아하는, 할머니가 짜주신 니트 스웨터는 자그마한 몸에 비해 터무니없이 커보였다. 하지만 티 하나 없는 피부와 투명한 초록색 눈을 가진 도리는 못생긴 것과는 전혀 거리가 멀었다. 그냥 뭐랄까…… 으음…… 아직 예뻐지기 전이라고나 할까.

"제시카! 도리 맞아!"

138

브리짓이 손으로 이마를 탁 치며 말했다.

"도리 시포위츠야! 어쩜 도리를 못 알아보다니!"

포도잼을 알아볼 사람은 아무도 없으니까.

"도리가 날 얼마나 나쁜 친구로 생각할까! 우리, 인사하러 가자!"

브리짓은 벌써 일어나서 가고 있었다.

"3·진·소·친! 0·1·히!"

이제 상황은 만다와 사라가 상상할 수 있는 정도를 훨씬 넘어섰다. 만다와 사라는 서로에게 물었다.

"3진 뭐라고?"

"제시카! 빨리 와아아아!"

브리짓은 애가 타는 듯이 발을 동동 굴렀다. 브리짓의 깜찍한 몸짓에 가까운 식탁에 앉은 미식축구 선수들이 박수를 보냈다. 버크 로이가 주먹을 들어 올리며 구호를 시작했다.

"비이-에엠-비이! 비이-에엠-비이!"

브리짓은 몸을 돌려 걔들을 봤다. 남자애들이 작업 거는 소리를 전혀 눈치채지 못하던 옛날의 브리짓은 사라지고 없었다.

"제에에에에시카! 야, 너네 그만 못해!"

브리짓은 소리를 질렀다. 그러더니 버크 로이의 어깨를 세게 때리려고 했다.

이 야단법석 덕분에 만다와 사라가 도리 시포위츠 문제에 먼저 나설 기회를 잡았다.

"가자, 얘들아. 도리 시포위츠한테 운을 빌어줘야지!"

만다가 말했다. 만다는 그 운이 **행운인지 불운인지** 말하지 않았다.

사라는 머뭇거리지 않았다.

"당연하지!"

둘은 나란히 서서 나랑 호프를 내려다봤다.

"안 가?"

호프가 그제야 겨우 낙서에서 고개를 들어 올렸다.

"이건 응원단 문제니까 난 **빠질래.**"

이제 나만 남았다. 혼자.

만다가 말했다.

"들었지? 이건 응원단 문제야."

"빨리ㅇㅣㅇㅣㅇㅣㅇㅣ."

사라가 징징댔다. 치사하게 브리짓을 그대로 흉내 내려 들다니.

브리짓은 도리 시포위츠는 까맣게 잊어버리고 버크 로이가 눈 밑까지 덮어씌운 파인빌 중학교 야구모자를 벗어젖히고 있었다.

"빨리ㅇㅣㅇㅣㅇㅣㅇㅣ."

난 만다와 사라한테 둘러댔다.

"사실 이건 응원단 문제라고 할 수 없지 않을까. 우린 아직 응원단에 들어간 게……."

"그래?"

만다와 사라가 동시에 말했다. 그러더니 **하루 종일 서로를 증오**했던 두 소녀는 동시에 하이파이브를 했다.

"단짝끼리!"

우웩.

난 재빨리 도리를 살펴봤다. 도리는 도시락 가방을 닫으면서 생기 넘치는 모습으로 친구한테 얘기하고 있었다. 도리가 구내식당의 새치기를 피하려고 매일 도시락을 싸오는 거라고 장담할 수 있다. 왜냐, 나도 그 이유 때문에 도시락을 싸오니까. 그리고 장담할 수는 없지만 호프도 같은 이유로 도시락을 싸오는 거라고 기꺼이 믿고 싶다.

만다와 사라는 발을 탁탁 디디며 화난 걸음으로 가고 있었다.

내가 이렇게 말할 수 있을 만큼 키가 크면 좋을 텐데. 당당히 서서 이렇게 말할 만큼 크고 강하면 좋을 텐데.

야, 너들이 도리를 안 좋아한다고 도리가 선반시험에도 못 나가게 겁을 줄 자격은 없잖아. 더 웃긴 건, 너들은 도리를 만나본 적도 없잖아. 난 도리를 좀 아는데 정말 괜찮은 애거든! 그래, 좀 따분하긴 해. 아니지! 내가 이렇게 말하는 것도 잘못이야. 어쩌면 도리는 따분한 애가 아닌지도 몰라. 그건 나도 모르겠어. 도리랑 다시 친하게 지내려는 생각도 안 해봤으니까. 그건 아마, 어쩌면, 나도 니들처럼 독선적인 사람이라서…….

난 하마터면 그렇게 말할 뻔했다. 하지만 8교시 시작종이 나를 살렸다.

도리 역시 살았다. 만다와 사라가 도리의 약점을 공격할 기회를 채 얻기도 전에 도리는 벌써 문 밖으로 나가고 있었다.

소지품들을 챙기고 있을 때 호프가 어깨를 톡톡 두드렸다. 그러곤 간단하지만 복잡한 질문을 던졌다.

"왜?"

이 한 글자 속에는 억만 개도 넘는 질문이 담겨 있었다. '왜 응원단에 들어가려는 거야?'에는 가장 뚜렷하고 간단한 답이 있었다.(조건 2번: 반드시 들어가야 한다, 응원단!!!) 다른 질문들은 이런 거다. 왜 나는 애들이랑 친구로 지내나?(조건 4번: 잘나가는 패거리에 붙어 다녀야 한다.) 왜 나는 브리짓이 버크와 시시덕거리는 걸 지켜보고 있나?(조건 3번: 첫 남자친구를 잘 골라야 한다.) 왜 나는 브리짓한테 빌린 이 셔츠를 입고 있나? 내 상체가 브리짓보다 좀 더 길어서 허리가 자꾸 나오는데도 말이다.(조건 1번: 날마다 다른 옷을 입어야 한다.)

그리고 하나 더, 바로 그 순간, 여름방학 마지막 날부터 혼자서 계속 던지고 있었던 질문이 떠올랐다. 왜 언니가 준 '퀸카의 조건'이 나한테 이렇게 중요해진 거지? 이 모든 질문에 공통적으로

142

적용되면서 호프의 질문에도 정직한 답이 될 만한 정확한 대답이 있었다.

"왜?"

내가 바로 대답을 않자 호프가 다시 한 번 물었다.

마침내 난 대답했다.

"나도 몰라. 나도 정말 모르겠어."

우웩.

아무리 브리짓이라도 나의 응원단!!! 선발시험을 긍정적으로 해석하지는 못할 거다. 이렇게 말하면 되려나? 차라리 목공 수업에서 손을 잃는 게 체육관에서 벌어진 일보다는 덜 충격적일 거라고.

이것도 그런 유형의 이야기에 해당한다. 화자가 "안 듣는 게 나을 텐데." 하면 청자는 "아니야, 꼭 듣고 싶어." 한다. 화자가 "진심으로 하는 말인데 안 듣는 게 좋을 거야. 끔찍한 일이 벌어지는 끔찍한 이야기거든." 그러면, 청자는 **"정말 듣고 싶다니까. 얼른 얘기해봐."** 한다. 화자는 "좋아, 알았어." 한 뒤 이야기를 시작한다. 이야기가 다 끝나자 청자가 초우울해져서 "어휴, 이런 끔찍한 얘기였으면 하지 말지." 그러면 화자는 "그렇지? 내가 그렇다고 했잖아." 한다. 그러고도 왠지 기분이 개운치가 않은 그런 이야기

말이다.

하지만 내 안의 일부는 그 끔찍하고 충격적인 응원단!!! 선발시험 이야기를 해버리는 게 낫다고 생각한다. 그러면 앞으로 몇 년 동안은 그 기억에 덜 시달릴 수 있을 테니.

분명한 건 내가 이미 겪은 것보다 기분이 더 나빠질 일은 앞으로 웬만해선 없을 거란 사실이다.

어쨌든, 그럼 이야기를 시작해볼까?

그날의 출발은 좋았다. 브리짓은 학교로 가는 버스 안에서 마지막 조언을 해줬다.

"난 네가 베이스가 될 거라고 믿어! 그러니까 니도 믿음을 가져!"

이 세상에 나를 이토록 완벽하게 믿어주는 한 사람이 있다는 건 멋진 일이다. 다만 그 믿음이 '이빨 요정'이나 '부활절 토끼'를 믿는 수준이라서 탈이지만.

난 푸델 선생님이 들려줬던 내면을 일깨우는 노래를 떠올리고 브리짓한테 불러줬다.

"베이스가 되~~어~~라, 베이스가 되~~어~~라."

난 브리짓이 웃어주거나 아니면, 따라 불러주기를 기대했다. 그런데 브리짓이 몸을 푹 숙이고는 나까지 밑으로 확 끌어내리는 바람에 깜짝 놀랐다.

"쉬이이이잇!"

"아야! 팔 부러지겠네!"

화가 났지만 한편으로는 솔직히 이런 생각도 들었다. 팔이 부러지면 응원단!!! 선발시험에 참가 못 하는 그럴듯한 핑계가 되겠는데. 목공 수업에도 마찬가지고.

"쉬이이잇! 버크 로이가 듣겠어! 부끄럽잖아!"

바로 어제 가짜 콧수염을 붙이고 우리 집에 나타나서는 고약한 동유럽 억양으로 나한테 고래고래 소리 지르던 애한테서 이런 말이 나오다니! 하마터면 이렇게 말할 뻔했다. 하지만 브리짓이 고개를 쏙 내밀고 뒤로 돌아보며 버크 로이한테 손을 살짝 흔들어 주는 걸 보니, 느낌이…… 뭐랄까…… 힘이 쑥 빠졌다. 응원단!!! 선발시험에 나가는 날 이런 기분이 드는 건 좋지 않은데.

그래서 난 버스에서 내린 뒤 토하지 않으려고 용을 쓰면서 여덟 시간을 버텼다.

태연한 척하려고 무던히도 애썼지만 만다와 사라도 나만큼 초조한 게 분명했다. 웃는 얼굴을 하려고 너무 애쓰는 바람에 만다의 얼굴은 핼러윈 호박등 같았다. 그리고 사라는 교실에서 이름이 불릴 때만 말을 했다. 솔직히 말하면 사라가 여덟 시간은커녕 8초 동안도 입을 못 다물고 있을 줄 알았는데. 그리고 브리짓과 도리 시포위츠는 점심시간에 나타나지 않았다. 그 둘도 선발시험 때문에 쫄아서 그럴 거라는 생각이 들었다.

　난 브리짓도 찾지 않고, 라커룸에서 치장하는 만다와 사라를 재촉하지도 않고, 혼자서 선발시험장으로 갔다. 체육관은 말총머리에 잠시도 가만히 못 있는 소녀들(몇몇은 아는 얼굴이지만 대부분은 모르는 얼굴들)로 북적댔다. 다들 얼른 시작해서 얼른 끝내버리고 싶어 안달인 듯했다. 아이들은 손바닥으로 걷거나 공중에서 다리를 쫙 찢거나 하면서 긴장감을 떨쳐내고 있었다. 알다시피 억만 년이 지나도 난 절대 못 할 엄청난 동작들을 아이들은 아무렇지도 않게 하고 있었다.

　"제시카!"

　귀에 익은 브리짓의 목소리에 안도감이 밀려왔다. 돌아보니, 브리짓과 또 다른 소녀의 형체 하나가 카트휠과 라운드오프(핸드스프링을 하면서 몸을 180도 틀어 착지하는 동작:옮긴이)와 핸드스프링을 하면서 나한테 오고 있었다.

　둘이 동시에 착지하자 브리짓이 구호를 외쳤다.

　"3·진·소·친! 0·1·히!"

　도리는 나를 보며 수줍게 웃었다.

　"어, 안녕, 도리."

　난 개학 첫날의 식당 새치기 때문에 어쩔 줄 몰라 하며 말했다.

　"제시카! 도리는 내가 기억하는 것보다 훨씬 체조를 잘해! 도리가 나한테 선발시험 전에 코치를 좀 해달라고 해서 점심도 걸렀거든. 근데 실제론 내가 코치를 받은 거 있지!"

"넌 완대해."(도리가 브리짓에게)

"아니야, 네가 완대하지!"(브리짓이 도리에게)

"아니야, 진심으로 네가 완대하다니까!"(도리가 브리짓에게)

난 이렇게 말하고 싶었다. **완대하다는 말은 있지도 않은 거 몰라?**

수다 소리를 뚫고 생기발랄한 목소리가 들려왔다.

"안녕, 얘들아! 난 가르시아 코치다!"

아하. 언니 친구.

체육관에 있던 소녀들이 '와아아아아!' 하며 환호했다.

"파인빌 중학교 응원단 선발시험에 온 걸 환영한다!"

또 한 번 모두들 **와아아아아!**

가르시아 코치는 소녀 같은, 아니 거의 어린애 같은 목소리를 갖고 있었다. 그리고 마이크나 메가폰 같은 게 없는데도 힘들이지 않고 우리를 집중시켰다.

가르시아 코치는 구호를 시작했다.

"우리-가?" [짝 짝] **"누-구?"** [쿵 쿵]

체육관의 소녀들은 무엇을 해야 하는지 다 알고 있었다.

"최-고." [쿵 쿵]

"최-고." [짝 짝]

"우리-는 최-고." [쿵-짝 쿵-짝]

모두가 알고 있었다. 나만 빼고. 난 바람 빠진 풍선처럼 서 있었다.

가르시아 코치가 체육관 이쪽 끝에서 저쪽 끝까지 억만 번쯤 플립(공중제비돌기:옮긴이)을 했다. 치어리더들은 한 곳에서 다른 곳으로 이동할 때 이런 식으로 가는 걸 좋아하는 게 틀림없다. 모두들 또 한 번 **와아아아아!** 했다. 가르시아 코치는 사뿐히 착지해서는 매끈매끈한 말총머리를 살짝 만졌다. 윤기 나는 검은 머리카락은 단 한 가닥도 삐져나오지 않았다.

"최고라는 말은 '존경심을 불러일으키는' 말이다."

가르시아 코치는 움켜쥔 주먹을 가슴에 갖다 대며 말했다.

"그리고 그것이 우리가 여기 응원단에서 해야 하는 일이야. 우리는 불가능을 가능으로 바꾸는 사람들이지!"

주위를 둘러보니 브리짓과 도리와 다른 아이들은 모두 다 황홀한 표정을 짓고 있었다. 그때 이런 생각이 번쩍 떠올랐다. **도대체 내가 여기서 뭐 하는 짓이지?**

'퀸카의 조건'보다 더 어이없는 건 그걸 따르려는 나의 결심 아닌가! 왜 그냥 언니한테 난 응원단감이 아니라고 설명하지 않았을까? 답은 간단했다. 사실대로 말하면 언니는 나의 찌질함에 실망해서 내 삶에 눈곱만큼도 관심 없던 시절로 돌아갈 게 뻔했기 때문이다.

난 그걸 원하지 않는다.

"우리는 패배자를 승리자로 바꾸는 사람들이다!"

가르시아 코치가 계속 말했다.

난 정말로, 진짜로 응원단!!! 선발시험을 치고 싶지 않았다. 설령 내가 용기를 쥐어짜내더라도 시험을 통과할 능력이 내겐 없었다. 유연하고, 자신감 있고, 생기 넘치는 아이들이 이렇게 많은데 내가 뽑힌다는 건 말도 안 되는 헛소리다.

"몽상가를 실행가로……."

당장 여기서 나가야 한다는 생각이 들었다. 내가 가르시아 코치나 브리짓이나 다른 아이들 누구도 눈치채지 못하게 출구를 향해 살금살금 발을 옮기고 있을 때였다. 갑자기 출입문이 벌컥 열리더니 **우나-좀-보세요!** 하듯이 **쾅** 하고 벽에 부딪혔다.

그리고 만다와 사라가 거창하게 입장했다.

우리는 모두 지시대로 체육복 반바지와 학교 티셔츠를 입고 있었다. 그런데 만다와 사라는 머리부터 발끝까지 뜨거운 애교심을 담은 색깔로 도배되어 있었다. 치어리더는 애교심을 감춰야 할 사람이 아니지만 빨강과 하양 그리고 파랑이 너~~~~~무 넘쳤다. 자유의 여신상과 엉클 샘(미국 또는 미국 정부를 의인화하여 부르는 별

명:옮긴이)이 낳은 아기가 별과 줄무늬(성조기 무늬를 가리킴:옮긴이)를 온통 토해놓은 듯한 느낌이었다.

모두 넋이 나가서 가르시아 선생님이 다가오는 것도 몰랐다. 선생님은 딱 멈춰 서더니 만다와 사라를 가리켰다.

"다섯 바퀴."

선생님의 달콤한 목소리에 뭔가 다른 것이 서려 있었다.

"출발!"

독기였다.

만다와 사라는 서로 쳐다보다가 '뭐라고?' 묻듯이 주위를 둘러봤다.

"너하고 너. 5분 지각. 다섯 바퀴."

여러 사람 앞에서 꾸중을 듣자 만다와 사라는 크게 웃음을 터뜨렸다. 그게 어디서 나온 행동인지, 소심함인지 역겨움인지, 아니면 다른 어떤 것인지 솔직히 난 잘 모르겠다.

가르시아 선생님이 번개처럼 걔들 앞에 얼굴을 들이댔다.

"너희 둘, 이름이 뭐야?"

만다와 사라는 웃음을 그치고 이름을 말했다.

"자, 만다 파워스와 사라 다브루지. 너희 둘은 탈락이다."

만다와 사라는 다시 웃기 시작했다. 그러다가 웃는 사람이 자기들밖에 없다는 걸 깨달았다. 만다가 물었다.

“제바아아알, 농담이시죠, 그쵸?”

가르시아 선생님은 아무 말도 하지 않았다.

“맙소사!” 사라가 비명을 질렀다. “우린 많이 늦지도 않았어요! 그리고 늦은 것도 완대한 응원복장을 전부 갖추느라 그런 거예요. 이렇게 갖춰 입은 사람은 아무도 없잖아요!”

“내 시간을 이렇게 낭비하게 만든 사람도 없지.”

가르시아 선생님은 이렇게 말하고는 등을 돌려 강당 가운데로 돌아갔다.

“아까 어디까지 했지?”

선생님이 큰 소리로 물었다. 선생님 목소리에 서렸던 독기는 사라지고 없었다. 순수한 설탕처럼 달콤하기만 했다.

“아, 그래! 우리는 얼간이를 챔피언으로…….”

만다와 사라는 아무리 씩씩대봤자 가르시아 선생님의 마음을 바꿀 수 없다는 걸 분명히 알았다. 둘은 지나간 자리에 빨강, 하양 그리고 파랑의 빛살을 남긴 채 강당을 뛰쳐나갔다.

브리짓이 다시 나를 보고는 옆구리를 쿡 찔렀다. 브리짓은 너무 겁이 나서 소리도 못 내겠는지 ‘우와’ 하고 입모양만 지어 보였다.

그렇다. 이쯤에서 다들 무슨 생각을 할지 나도 안다. 이렇게 생각하겠지. 제시카, 이 거짓말쟁이! 이건 전혀 끔찍한 얘기가 아니잖아! 이 얘기에 안 하는 게 더 나았을 뻔한 부분이 어디 있는데?

152

이 얘기의 끔찍한 부분은 사라와 만다가 내쫓긴 뒤에 일어났다. 가르시아 선생님이 아이들을 쭉 훑어보더니 손가락으로 내 쪽을 가리켰다. 선생님은 어느 때보다 더 씩씩하게 말했다.

"너! 너, 베다니 달링의 동생이구나! 어디서 보더라도 너의 타고 난 치어리더 체질을 알아보겠다!"

난 끝내주는 화살인가 뭔가에 대한 정보 때문에 이미 기분이 이상했다. 그런데 지금 가르시아 선생님이 나를 알아보다니! 난 이런 특별한 대접을 원하지 않는다!

난 우물거리며 대답했다.

"어어, 예. 저……."

선생님이 멈칫하며 말했다.

"아니! 너 말고! 금발머리!"

선생님은 나를 가리킨 게 아니었다.

"바로 애가 리틀 베다니이자 딱 봐도 다음 번 응원단장이네!"

선생님은 브리짓을 가리키고 있었다. 브리짓의 뺨이 빨갛게 달아올랐다.

"제시카! 나 어떡해! 저는 베다니 동생이 아니에요!"

그리고 나서 브리짓은 나를 앞으로 밀어 내보냈는데 그건 내가 절대로 용서할 수 없는 행동이었다.

"애가 베다니 동생이에요! 제시카 달링!"

아마 1천분의 1초도 안 됐을 거다. 하지만 난 봤다. 실망한 표정을 지어놓고는 곧바로 그걸 감추려고 애쓰는 선생님을.

"아! **네가** 제시카구나. 이제 보니 언니랑 닮았네!"

선생님이 마음에도 없는 칭찬을 했다.

선생님은 언니와 나 사이에서 닮은 점을 찾지 못했다. 지금까지 언니랑 나 사이에 닮은 점을 찾은 사람은 아무도 없었다. 전에는 그런 게 전혀 신경 쓰이지 않았다. 하지만 그때는 달랐다. 그건 아마도 언니와 내 단짝친구가 서로 엄청나게 닮았다는 걸 누군가가 처음으로 **발견**했기 때문인 것 같다.

선생님이 나한테 앞으로 나오라고 손짓했다. 내 운동화 속에 콘크리트가 가득 찬 느낌이었다.

선생님이 말했다.

"너의 능력을 보여줘!"

브리짓도 나를 향해 엄지손가락을 힘차게 치켜세우며 말했다.

"너의 능력을 보여줘!"

선생님은 어떻게 하면 군중을 흥분시킬 수 있는지 확실히 알고 있었다. 순식간에 체육관이 구호로 술렁였다.

"너의 능력을 보여줘!" [짝–짝 짝–짝]

신기하게도 아이들의 격려가 나한테 스며들었다. 미친 소리로 들리리란 걸 알지만 응원 소리에 자신감이 불끈 솟았다. 갑자기

154

선생님의 연설이 진짜 맞는 말처럼 느껴졌다. 응원은 불가능을 가능하게 만든다! 패배자를 승리자로 바꾼다! 몽상가를 실행가로! 얼간이를 챔피언으로!

"너의 능력을 보여줘!" [짝―짝 짝―짝]

난 마루 매트의 끝으로 가서 나의 능력을 보여줄 준비를 했다. 그게 뭐든 간에.

나의 능력은, 곧 드러나겠지만, 대단한 게 못 됐다.

재앙이 닥쳐오기 전의 마지막 순간에 난 무슨 생각을 하고 있었을까?

난 이런 생각을 하고 있었다. 나의 곡예를 '자연과학의 일반 법칙'에 따라 접근해보면 도움이 될지도 모른다고. 어쩌면 내 두뇌가 알고 있는 운동, 질량, 가속도에 대한 지식을 내 몸과 연결시킬 수 있을지도 모른다고. 그 몸-마음 지식으로 난 평생 처음으로 시도하는 에어리얼 카트휠(바닥에 손을 대지 않고 하는 카트휠:옮긴이)을 완벽하게 해낼 수 있을 것이다!

자연과학은 절대 날 실망시키지 않을 거야.

난 스스로에게 속삭이고 매트 위를 달린 뒤 힘차게 발을 구르고 공중으로 몸을 날렸다…….

철퍼덕!

눈에는 불꽃놀이가. 귀에는 종소리가. 코에는 쌍코피가.

155

역사상 최고로 장관인, 올림픽 수준의 얼굴 착지였다.

침묵. 핀 떨어지는 소리도 들릴 만한 절대 침묵.

그리고 터져 나오는 웃음소리.

브리짓과 도리만 웃지 않았다. 만다와 사라가 거기 없어서 못 봤다는 게 나한테는 작지만 유일한 위로가 되었다. 그렇지 않다면 난 평생 끝도 없이 얼굴 착지 타령을 듣게 될 테니까.

선생님은 시간을 조금도 허비하지 않았다. 무뚝뚝하게 나를 살펴보더니 영구적인 상처가 난 곳은 내 자존심밖에 없다고 판단한 것 같았다. 선생님은 브리짓과 도리한테 나를 일으켜 세우라고 한 뒤 능숙하게 줄자를 쓱 뽑아냈다.

"163센티."

선생님이 중얼거렸다.

아차, 몸을 살짝 움츠리는 걸 깜빡했다. 약간만 짜부라졌어야 했는데.

브리짓과 도리가 나 때문에 선발시험을 망치게 하고 싶지는 않았다. 난 라커룸에 데려다 주겠다는 둘의 제안을 거절했다.

가르시아 선생님은 내가 탈락했다고 말하지는 않았다. 하지만 내가 응원단감이 아니라는 걸 난 고통스러울 정도로 분명하게 확인했다. 여러 가지로 고통스럽게.

기쁨과 질투 사이

내가 선발시험에서 하도 확실하게 망했기 때문에 못 믿을 거다. 하지만 난 ★★★응원단!!!★★★이 되었다.(그렇다. 난 이 소식에 별표를 달았다. 이렇게까지 할 만한 소식이니까.)

난 침대에 누워서 얼린 풋콩 주머니로 바닥에 짜부라진 얼굴을 차갑게 식히고 있었다. 그때 아래층에서 소리가 들렸다. 부모님은 다 외출 중(아빠는 자전거를 타러, 엄마는 사무실에)이었다. 그래서 난 무슨 일인가 보려고 발을 질질 끌며 아래층으로 내려갔다.

아래층에는 내가 가장 맞닥뜨리기 싫은 일이 벌어져 있었다. 부엌에 (내가 두려워했던 대로) 가장 마주치기 싫은 사람이 와 있었다. 솔직히 말하자면, 친한 이웃이 뜻밖에 도끼 살인마였다는 걸 알게 되는 쪽이 차라리 행복할 정도였다.

언니가 비명을 지르며 나를 껴안았다.

"축하해! 해냈구나!"

"어? 뭘 해내?"

굴욕을 당한 거? 얼굴을 깬 거?

언니가 나를 흉내 내며 말했다.

"**뭘 해내?** 겸손하기는! 셰리(그러니까 가르시아 선생님)가 전화했어! 너한테 응원단의 특별한 자리를 제안하면서 완전 흥분하던데!"

맹세해도 좋다. 만약 언니가 "미합중국 대통령이 전화했어. 너한테 초특급 스파이 팀의 특별한 자리를 제안하면서 완전 흥분하던데!"라고 말했다면 훨씬 덜 놀랐을 거다.

"어어— 뭐라고?"

"너의 특별한 재능을 알려줬다고 나한테 고마워하더라! 거기다 기막힌 타이밍이라니! 내가 이리 오고 있는데 전화를 했더라구!"

아하. 언니가 오직 나를 축하해주기 위해서 특별 방문을 한 건 결국 아니었구나. 다른 이유 때문에 부모님이 없는 틈을 타서 여기 온 거다. 그러니까 당연히, 언니는 부엌 조리대 위에 놓인 우편물로 곧장 향했다. 전에도 그랬던 것처럼 우편물을 샅샅이 살피는 걸로 보아 틀림없이 특별한 무언가를 찾고 있었다.

"뭐 찾는 거야?"

"무슨 소리야?"

언니가 동작을 딱 멈추고 물었다.

"언니는 엄마랑 아빠 없을 때만 집에 오잖아. 지금 가만 생각해 보니 주로 화요일이었네. 잠깐 얘기 나누고, 우편물 뒤지고, 그러곤 그냥 가. 언닌 뭔가를 찾고 있는 게 분명해. 도대체 뭐 찾는 건데?"

언니는 잠깐 입을 꼭 다물더니 피식 웃었다.

"너, 비밀 지킬 수 있어?"

우리밖에 없는데도 언니는 소곤거렸다.

언니가 나한테 비밀을 지켜달라고 하고 있었다. 난 보통 언니의 비밀에서 제외되는 사람이었는데! 비록 '퀸카의 조건'이 내 얼굴을 깨뜨린 원흉이지만 또 그것 때문에 언니와 내가 하나로 묶이고 있었다.

"당연히 지킬 수 있지!"

언니가 실눈을 뜨고 나를 봤다.

"떠벌리지 않을 자신 있어? 너, 전적이 별로 안 좋잖아."

언니는 아직도 잊지 않은 거다. 언니가 열여섯, 내가 여섯 살이었을 때 언니가 우리 집에 귀여운 남자애를 하나 데려왔다. 난 곧장 그 귀여운 애한테 다가가서 말했다.

"안녕! 오빠는 어제 언니랑 키스했던 그 오빠가 아니네, 그치?"

이건 초난감한 상황이었다. 왜냐하면 이게 둘의 첫 데이트였기 때문이다. 그리고 마지막 데이트가 되었다.

"약속해. 안 떠벌릴게!"

난 걸스카우트 선서를 하듯 손을 들어 올렸다. 쿠키를 훔쳐 먹
는 바람에 걸스카우트 10분대에서 쫓겨나긴 했지만 언니가 나를
믿게 만드는 데 이보다 좋은 방법은 없었다.

언니는 방을 두리번두리번 살폈다. 부모님이 식료품 저장실 안
에 숨어서 엿듣기라도 할까 봐 걱정되는 모양이었다.

"알았어, 말해줄게. 난 학교에서 오는 편지를 기다리고 있어. 중
요한 편지거든."

"하지만 엄마랑 아빠는 언니 우편물 안 뜯어보……."

"이 중요한 편지는 내 이름으로 오는 게 아니거든. 부모님 앞
으로 올 거야. 하지만 나랑 관계된 거니까 편지 내용을 내가 직접
알려드리는 게 나을 것 같아서."

"아! 말하자면, 상을 받게 된 거나 그런 거?"

내 입에서 이런 말이 불쑥 튀어나왔다.

그러자 언니의 얼굴이 한밤중의 관람차처럼 환해졌다.

"그래!"

언니는 상을 받는 사람이 나라도 되는 것처럼 또 한 번 나를 껴
안았다.

"바로 그거야! 내가 직접 알려드리고 싶어. 그러는 게 훨씬 더

의미 있을 것 같아서."

"내가 응원단에 뽑힌 걸 직접 말해주려고 언니가 일부러 여기 온 것처럼?"

언니가 집에 온 본래 목적이 그게 아닌 걸 알면서도 난 이렇게 말했다.

"맞아, 비슷한 거야."

그러더니 언니는 손가락을 딱 튕기면서 말을 이었다.

"아, 참! 셰리가 전화 좀 해달래. 네가 엄청 특별하다는 증거 아니겠니!"

난 말하고 싶었다. 내가 응원단에 뽑혔다는 게 아직도 심각하게 의심스럽다는 걸. 내 생각엔 가르시아 선생님이 내가 아직 살아 있는지, 또 부모님이 학교를 고소하려는 건 아닌지 확인하고 싶어서 그러는 것 같았다. 하지만 모든 게 확실해질 때까지 선발시험의 끔찍한 세부사항은 나 혼자 간직하는 게 최선이라는 결론을 내렸다.

"그건 그렇고…… 나머지 '퀸카의 조건'들은 어떻게 돼가니?"

언니는 서랍장을 열고 그래놀라 바를 꺼내 상자를 벗겨낸 뒤 커다란 핸드백에 쑤셔 넣었다.

"글쎄…… 언니도 알겠지만 응원단 선발시험에 너무 집중하느라……."

161

"조건 3번에도 따끈따끈한 소식 없어?"

'퀸카의 조건' 3번: 첫 남자친구를 잘 골라야 한다. 엄마는 나한 테 **특별한 애** 안 생겼냐고 물을 때면 꼭 소녀같이 깜찍한 말투를 쓰는데 언니가 엄마랑 똑같은 말투로 물었다. 난 더듬거렸다.

"어…… 글쎄……."

"야, 제시카! 나한테는 숨길 생각 마!"

왜 다들 내가 누구한테 홀딱 반해놓고는 비밀로 하고 있다고 생각하는 걸까? 그냥 내가 남자애들한테 관심이 없다는 걸 왜 그 렇게 못 믿는 걸까? 특히나 기초대수학 숙제를 베낄 때만 내 존재 를 의식하는 남자애들밖에 없는 이 시점에!

유일한 예외는 목공시간이었다. **목공실에 있는 유일한 여자**이기 때문에, 남자애들은 모두 나를 모든 여성의 대표나 되는 것처럼 여겼다.

"여자애들은 자기보다 키가 작은 남자를 좋아할까?"(꼼지락)

"여자애들은 방귀를 언제 뀌는데?"(쫑알이)

"여자애들은 말로는 맨날 멋진 남자를 원한다 그래놓고는 왜 얼간이들한테만 뿅가는 거냐?"(꼬린내)

"나, 진지하게 묻는 건데 여자애들도 방귀 뀌는 거 맞지? 근데 왜 여자애들이 방귀 뀌는 걸 단 한 번도 못 본 걸까?"(꼼지락)

걔들은 나를 전혀 여자로 생각하지 않기 때문에 이런 질문들을 했다. 절대로 아무도 나를 데이트 상대로 보지 않았다. 그건 나도 마찬가지였지만. 나한테 아무 질문도 안 하는 유일한 남자애는 시건방이었다. 시건방은 나한테 한 마디도 말을 안 했다.

어쨌든 기대감으로 가득한 언니의 표정으로 보아 이 질문에 대답할 수밖에 없었다. 마음속으로 브리짓한테 사과한 뒤 난 거짓말을 했다.

"내 생각엔 버크 로이라는 애를 좋아해도 될지 모르겠어. 귀엽고 인기도 많은 미식축구 선수거든."

감정이 전혀 안 담긴 무덤덤하고 밋밋한 대답인데도 이게 정확히 언니가 듣고 싶은 소식이었나 보다.

"너, 완전 킹카를 찍은 것 같은데!"

언니는 냉장고에서 여섯 캔들이 다이어트 음료를 꺼내 건네주며 말했다.

"하지만 이제 넌 응원단이니까 걔를 차지하는 데 아무 문제 없을 거야."

난 여전히 정말로 내가 응원단에 뽑혔다는 걸 믿기가 힘들었다. 내가 응원단에 뽑혔을 가능성은 버크 로이 같은 킹카가 나 같은 애한테 데이트를 신청할 가능성만큼 희박해 보였다. 게다가 버크 같은 애한테 데이트 신청을 받고 *싫었던* 것도 아닌데 어쩌다 이런 멍청한 거짓말이 가장 먼저 떠올랐을까?

언니 대신 음료수를 들고 차로 가는 동안 언니와 난 계획을 다시 확인했다. 언니가 이렇게 자주 차를 몰고 와서 기웃거리지 않아도 되도록 내가 우편물을 잘 감시하기로 한 거다.

"매일 확인해야 해. 학교에선 이런 어…… **안내문**을 보통 월요일에 발송하니까 특히 화요일엔 초특별 확인이 필요해. 알았지?"

내가 해야 하는 '초특별 확인'이 뭔지도 확실히 모르면서 아무튼 난 약속했다.

"입 다물기로 한 약속 잊지 않았지?"

언니는 백미러로 매무새를 확인하면서 한 번 더 물었다.

"나, 이제 여섯 살짜리 아니거든!"

"맞다! 이제 아가씨지! 그것도 응원단에 뽑힌! 참, 셰리한테 꼭 전화해라! 가르시아 코치 말이야!"

그러고 나서 언니는 클랙슨을 즐겁게 빵-빵-빠방-빵 하면서 출발했다.

이쯤 되자, 가르시아 선생님이 언니와 나한테 장난을 친 게 아닌가 하는 생각이 들었다. 하지만 내일 학교에 가기 전에 이 문제를 확실히 해두고 싶었다. 내가 어디에 있어야 할지 알아둘 필요가 있으니까. 그래서 언니가 종이조각에 적어준 번호로 전화를 걸었다.

신호가 가자마자 가르시아 선생님이 전화를 받았다.

"여보세요오오오!"

전화로 듣는 가르시아 선생님의 목소리는 직접 들을 때보다 더 쾌활했다.

"어, 안녕하세요, 가르시아 코치님? 저는, 어, 제시카 달링인데요. 베다니 동생…… 코치님이 전화를 부탁했다고 언니가 그러던데요?"

"물론이야! 전화해줘서 정말 기뻐! 언니가 소식을 전해줬겠지? 네가 응원단에 뽑혔다고!"

내 두 귀로 직접 들었는데도 난 여전히 믿을 수가 없었다.

"어, 코치님! 제가 누군지 아시나요? 저는 그 금발이 아니에요. 저는 어…… 제 실력을…… 어…… 보셨을…….."

고맙게도 가르시아 선생님은 얼굴 착지 얘기를 안 해도 되도록 내 말을 가로채줬다.

"네가 누군지 알아! 그리고 그 금발이 누군지도 알고! 걔는 브리짓 밀호코비치잖아! 아직 브리짓한테는 얘기하지 마. 왜냐면 내일 아침까지는 공개하지 않을 거니까. 하지만 브리짓이 파인빌 중학교의 완전 끝내주는 화살촉 대형에서 162센티 자리를 맡게 될 거야! 우리의 상징 대형 말이야!"

그 뒤로는 가르시아 선생님이 뭐라고 하는지 잘 알아듣지 못했다. 그때 난 동시에 두 가지 상반된 감정을 느끼고 있었다.

기쁨! 내 단짝친구가 응원단!!!에 뽑혔다.

질투! 내 단짝친구가 응원단!!!에 뽑혀서 **내 자리를 가로챘다.**

난 아까의 대화만 곱씹고 있었다. 그러다 문득 가르시아 선생님이 말을 멈추고 내 대답을 기다리고 있다는 걸 깨달았다.

"어…… 죄송해요. 뭐라고 하셨죠?"

"이해해! 얼떨떨할 거야! 굉장한 명예잖아, 그치? 막중한 책임감이 필요하고! 어쩔 줄 모르는 게 당연해! 하지만 이런 엄청난 기회를 아무렇게나 너한테 제안한 건 아니야. 이 임무는 오직 너한테 달려 있다고 생각했거든!"

정말 짜릿한 이야기처럼 들렸다. 선생님이 무슨 소리를 하고 있는지 내가 도통 모른다는 게 문제였지만.

"죄송하지만, 어…… 무슨 제안이었는지 한 번만 더 말씀해주시겠어요? 제가 똑바로 들은 건지 확인하고 싶어서요."

"네가 파인빌 중학교의 공식 마스코트가 돼줬으면 좋겠어! 힘찬 갈매기!"

그러고서 선생님은 사연을 죽 늘어놓았다. 자기가 응원단!!!의 수석 코치가 됐을 때부터 유서 깊은 이 전통을 되살리고 싶었다. 그런데 이런 개인적인 철학을 용감하게 실행할 후보자가 전혀 없었다. 그러다가 죽음을 무릅쓴 나의 얼굴 착지를 보게 된 거다.

선생님이 구호를 외쳤다.

166

"겁내지 말고 응원하라!"

"겁내지 말고 응원하라!"

나도 따라 구호를 외쳤다. 가르시아 선생님에겐 이런 식으로 사람들을 휘어잡는 힘이 있었다.

가르시아 선생님이 불쑥 외쳤다.

"넌 완벽해!"

완벽하다.

또 그 소리였다.

게다가, 갈매기 의상이 나한테 맞단다.

하지만 결정타는 그게 아니었다.

"힘찬 갈매기의 정체는 비밀에 싸여 있어야 돼! 난 파인빌 중학교의 자부심을 구현한 특별한 사람이 누구인지 온 학교가 궁금해하길 원하거든! 환호! 명예! 패기!"

선생님은 자신이 하는 말의 심각성을 보여주려는 듯 목소리를 낮췄다.

"비밀로 해줄 수 있겠니?"

난 브리짓한테 했던 약속을 떠올렸다. 언니한테 했던 약속도.

"물론이죠. 믿으셔도 돼요."

그러자 선생님은 주말에 있을 대규모 응원전에서 힘찬 갈매기가 데뷔하게 될 거라고 말해줬다. 그리고 '마스코트 예술'에 대해

167

연구해두라고 나를 격려했다. 그건 또 어떻게 하는 건지도 모르면서 난 그러겠다고 약속했다.

"겁내지 말고 응원하라!"

선생님은 한 번 더 외친 뒤 전화를 끊었다.

그러니까 난 치어리더가 아니다. 하지만 힘찬 갈매기가 되는 것도 '퀸카의 조건' 2번에 해당하긴 한다. 왜냐, 어쨌든 나도 응원단!!! 소속이니까.

형식적이긴 하지만.

그리고 난 거대한 갈매기 의상을 입어야 한다.

아무도 모르게.

이런 이유로 내가 별표를 달았던 거다.

수화기를 내려놓기 무섭게 전화벨이 다시 울렸다.

브리짓이었다. 이건 놀랄 일인 게 브리짓은 전화를 잘 걸지 않는다. 그냥 불쑥 우리 집에 나타난다. 내 얼굴 상태가 걱정되지만 상처를 직접 보기엔 비위가 약해서 전화를 걸었을 거라는 생각이 들었다.

아니었다.

"너, 나한테 뭐 말할 거 없니?"

브리짓의 말투가 비난하는 투여서 신경에 거슬렸다. 왜냐하면 말해줄 게 한 트럭도 넘는데 말을 하면 안 되니까. 난 우물거렸다.

"어어어, 뭐?"

이런 식의 대화는 생각했던 것보다 어려웠다.

"너희 언니 차가 정지 신호에 서 있는 걸 봤어. 응원단 선발시험 마치고 걸어오는 길에. 그리고⋯⋯."

브리짓은 말을 뜨문뜨문 이어갔다. 빈틈을 내가 채워주기라도 바라는 것처럼. 그래서 난 되물었다.

"그리고오오오?"

브리짓은 잠시 조용히 있더니 얘기를 이어갔다.

"그리고 베다니 언니가 뭔가 말해줬는데, 내가 모르는⋯⋯."

우웩. 왜 언니는 입을 안 다문 건데? 내가 응원단!!!에 뽑힌 걸 왜 브리짓한테 떠들어댔냐고! 아무한테도 나의 마스코트 임무를 드러내지 않겠다고 가르시아 선생님에게 맹세했는데. 난 선택해야 했다. 약속을 깨든가, 단짝친구한테 거짓말을 하든가. 내가 학교 마스코트라는 걸 아무도 모르는 게 가장 바람직한 일이다. 그리고 브리짓이 내가 마스코트라는 걸 모르면 내가 거짓말을 했다는 것도 모를 거다.

맞지?

"브리짓, 있잖아. 언니가 너한테 무슨 말을 했는지 나도 알아. 하지만 언니가 완전 잘못 안 거야."

169

"그래? 베다니 언니가 잘못 안 거란 말이지?"

브리짓이 차분하게 물었다.

"언니가 나에 대해 너보다 더 많이 알았던 적이 한 번이라도 있니?"

지금이 바로 그렇잖아. 난 죄책감을 느꼈다.

"한 번도 없었지, 아마."

브리짓이 인정했지만 눈치를 채는 건 시간문제였다. 그래서 전혀 다른 방향으로 화제를 돌리기로 마음먹었다.

"그치만 나한테 비밀이 있는 건 사실이야."

브리짓이 비명을 질렀다. 맹세컨대 내가 '화려한 햄스터'의 꼬리를 너무 세게 잡았을 때 들었던 소리랑 똑같았다. 난 숨을 깊이 들이쉬고 나서 최대한 진지한 목소리로 말했다.

"나, 브래지어에 뽕 넣었어."

침묵. 그리고…… 웃음. 내가 선발시험에서 얼굴로 착지했을 때 속으로 참았던 웃음까지 지금 한꺼번에 싹 다 터뜨리는 것 같았다.

브리짓이 못 믿겠다는 듯이 물었다.

"브래지어에 뽕을 넣었다고? 내 생각엔 뽕을 넣으려면 브래지어부터 먼저 해야 될 텐데!"

아차, 브리짓의 말이 맞다. 난 체념하며 말했다.

"알아, 알아. 내 말은 심 없는 내 주니어용 브라에 뭘 좀 넣었다는 거야."

브리짓이 좀 더 웃길래 난 계속 말할 용기를 얻었다.

"양쪽 컵에 약솜을 넣었어. 그러니까 약솜 하나를 둘로 나눠서. 자, 이제 다 털어놨어. 이제 기분이 좀 낫냐?"

브리짓이 여전히 키득거리며 말했다.

"그래, 아깐 미안해."

브리짓의 귀가 발갛게 물드는 소리가 들리는 것 같았다.

"있잖아, 아까 베다니 언니 얘기. 내 생각엔 그냥 운이 나쁠 때 마주쳐서 그런가 봐. 그냥, 너도 알겠지만, 선발시험의 긴장이 덜 풀려서……."

난 사과할 필요 없다고, 모든 게 완벽하게 잘 될 거라고 브리짓을 설득했다.

"내가 장담할게!"

이건 브리짓을 안심시키려고 그냥 한 말이 아니었다. 왜냐, 난 그게 사실이란 걸 알고 있으니까.

비밀을 지키는 게 얼마나 어려운지 알아? 더구나 내가 지켜야
할 비밀은 한 가지가 아니니!

다행스럽게도 브리짓이 응원단!!!에 뽑혔다는 비밀은 브리짓이
직접 알게 될 때까지만 지키면 된다. 그런데도 등교 버스 안에서
난 억만 번도 넘게 실토할 뻔했다! 치아교정기를 빼내고 자신감으
로 충만해진 이후로 브리짓이 이 정도로 쫄기는 처음이었다. 브리
짓은 너무나 조바심이 나서 버크 로이랑 시시덕거리는 것도 잊어
버렸고 버크가 자기한테 집적거리는 것도 완전히 무시했다. 잠시
동안 예전의 브리짓이 되돌아온 것 같기도 했다.

"넌 내가 응원단에 뽑혔을 것 같니? 내가 응원단에 뽑혔는지 모
르겠어! 응원단에 뽑히면 좋을 텐데! 난 진짜진짜 응원단에 뽑히
고 싶어! 내 생각엔 응원단에 뽑힐 정도로 잘한 것 같아. 하지만

응원단에 뽑힐 만큼 잘하는 애들이 엄청 많았으니까 가르시아 코치님은 나보다 걔들이 더 맘에 들었을지도 몰라. 아! 네가 그때 내가 하는 걸 봤으면 좋았을 텐데. 너라면 내 실력에 대해 정직하게 말해줄…….”

그러다 브리짓이 말을 멈추었다. 내가 어이없는 얼굴 착지로 선발시험에서 조기 탈락한 게 갑자기 떠올랐던 모양이다.

“네 얼굴, 생각만큼 그렇게 나쁘진 않네.”

브리짓이 가볍게 말했다. 브리짓은 정직하게도 내가 응원단에 뽑혔을 거라고는 빈말로라도 하지 않았다. 이건, 알다시피, 완전 어이없는 일이었다. 왜냐하면 **난 응원단에서 한 자리를 맡았으니까! 다만 브리짓한테도, 다른 누구한테도 그걸 말할 수가 없을 뿐이지.**

응원단 합격자 명단은 앞쪽 출입구와 가장 가까운 게시판에 붙어 있었다. 원하든 원하지 않든 누구나 무조건 그걸 볼 수 있었다. 브리짓과 도리는 국기게양대 앞에서 만나서 누가 응원단에 뽑혔는지 같이 확인하자고 약속했다. 둘은 팔을 내밀어 손 위에 손을 포개고 맞잡은 뒤 자신들의 운명에 마주설 용기를 북돋우기 위해 구호를 외쳤다.

“하낫! 둘! 셋! 넷! 문! 을! 향! 해!”

그리고서 둘은 문으로 향했다. 난 뒤를 따랐다.

난 브리짓이 응원단!!!에 뽑힌 걸 이미 알고 있었다. 그리고 도리가 브리짓보다 체조 실력이 낫다는 것도 알고 있었다. 그런데도 도리가 응원단에 뽑힌다는 생각에는 포도잼과 같은 거부감을 느꼈다. 그래서 둘이 좋아서 팔짝팔짝 뛰는 걸 보고 엄청난 충격을 받았다.

"내가 뽑혔어! 너도 뽑혔고!"(도리)

"우리 둘 다 뽑혔어!"(브리짓)

그건 달콤한 순간이었고 나도 함께 즐기고 싶었다. 하지만 그럴 수 없었다. 난 비밀을 간직한 사람이니까. 그래서 브리짓과 도리가 못 뽑힌 나를 위로해줬을 때 죄책감 비슷한 걸 느꼈다.

나도 뽑혔다구! 난 말하고 싶었다. 3·진·소·친! 0·1·히!

하지만 달콤함은 오래가지 못했다. 만다와 사라가 그 장면 속으로 들어오는 순간 모든 것이 정지화면처럼 되어버렸다. 하. 아무튼 대단한 아이들이다.

"맙소사! 네가!"

사라가 비명을 지르며 브리짓을 가리켰다.

"거기다 **너까지?**"

이건 틀림없이 도리한테 한 말이겠지.

사라의 비명이 계속되었다.

"그건 우리 자리였다구! **니들이 우리 자리를 빼앗은 거야.**"

사라는 응원단 자리도 구내식당에서 식탁 차지하는 것과 다르지 않다는 듯이 말했다. 무조건 밀고 들어가면 되는 자리. 브리짓이 응원단에 뽑힌 걸 알았을 때의 내 반응도 사라와 정확히 똑같았다는 걸 문득 깨달았다. 난 사라한테 뭐라고 할 자격이 없었다.

브리짓과 도리는 더 머물러 있다가는 사라의 독설을 덮어쓰게 되리란 걸 알았다. 그래서 둘은 팔짱을 끼고 최대한 빨리 몸을 피했다. 그러는 동안, 만다는 손을 오므려 얼굴과 입을 덮고는 숨을 크게 쉬었다. 마치 영화에서 과호흡 환자가 종이봉투에 대고 숨을 조절하려고 할 때처럼. 그러고는 에나멜가죽 플랫을 신은 발로 휙 돌아서더니 한 마디 말도 없이 걸어가버렸는데, 그건 잘한 일이었다. 왜냐하면 사라가 두 사람 몫만큼이나 엄청나게 많은 **맙소사!**를 내뱉고 있었기 때문이다.

누군가 내 어깨를 두드리는 게 느껴졌다. 호프였다.

"재밌어지겠는걸."

"무슨 말이야?"

우리는 함께 복도를 걸어갔다. 호프가 한 발짝 걸을 때 난 두 발짝을 걸으면서. 호프가 걸음이 빠르거나 해서 그런 건 아니었다. 그냥 다리가, 내 다리의 두 배였기 때문이다.

호프가 복잡한 복도를 헤쳐 나가면서 말했다.

"만다와 사라를 알고 지낸 지 정말 오래됐거든. 걔들이 이 상황

175

에서 순순히 물러날 턱이 없어. 틀림없이 복수할 방법을 찾을 거야."

떼거리로 모여 서서 떠들어대는 필드하키 선수들의 스틱을 겨우 피하며 호프는 왼쪽으로 돌았다.

"복수라니? 누구한테? 뭣 때문에?"

"브리짓과 도리가 '자기들' 자리를 빼앗았으니까."

난 애정 행각을 벌이고 있는 2학년 커플을 피해 조심스럽게 옆 걸음질 쳤다. 얘들은 어쩌자고 사람들이 바글바글한 복도 한복판에서 이런 짓을 하는 걸까? 쓰레기통과 재활용품 수거함 옆에서 어떻게 낭만적인 분위기를 잡을 수 있지?

"걔들이 떨어진 건 선발시험에 지각했기 때문이잖아. 자기들 잘못이라구!"

"걔들은 그렇게 생각 안 할걸. 걔들은 자기들이 부당한 일을 당했다고 생각할 거야. 바로잡아야 할 잘못. 그것도 당장. 장담하는데 걔들은 지금 함께 계획을 짜고 있어."

"걔들이 어떻게 할 것 같아?"

"내가 예상할 수 없는 딱 한 가지가 바로 그 부분이야."

호프는 말을 멈추고 쑥스러운 듯 웃었다.

"난 걔들처럼 악랄하진 않거든."

그러곤 손을 흔들어 인사한 뒤 복도를 따라 계속 걸어갔다. 다른 아이들의 머리 위로 호프의 머리와 어깨가 불쑥 솟아 있었다. 어깨를 웅크리거나 해서 자신의 큰 키를 숨기려고 하지 않는 호프가 존경스러웠다. 언니의 '흥미로운' 빈티지 티셔츠를 입을 용기도 없는 나에 비해 호프는 남과 다른 점에 당당했다.

아무튼 사라는 수상쩍게도 홈룸 시간에 빠졌다. '여자들만의 그 일'을 또 핑계 삼았을 게 틀림없다. 호프의 말이 맞았다. 사라는 분명 만다와 함께 여자화장실에 있을 거다. 소곤소곤 구상하고, 쑥덕쑥덕 계획을 세우고, 차근차근 음모를 꾸미면서.

하지만 난 걔들을 찾아가지 않고 내 자리에 그대로 앉아 있었다. 지금까지 그랬던 것보다 더 깊이 얽혀들고 싶지 않았다. 게다가 잠시 뒤면 곧 1교시가 시작된다.

음모를 꾸몄든 못 꾸몄든, 걔들이 홍분을 가라앉힌 상태로 1교시 영어 수업에 들어올 가능성은 별로 없었다. 어쩌면 '허접스러운 치어리더와 그들을 숭배하는 바보들'에 대해 광분해서 떠들 수도 있다. 그러고는 오든 선생님이 이 문제를 〈아웃사이더〉에 나오는 '잘나가는 무리' 대 '찌질한 무리'의 대결과 같은 것으로 생각하도록 유도할 수도 있다. 우리 수업이 이미 〈앵무새 죽이기〉로 넘어갔는데도 말이다.

하지만 걔들은 아무 불평도 하지 않았다. 심지어 못마땅한 표정조차 짓지 않았다.

대신 신청서가 등장했다.

"호프! 제시카! 너희들, 신청서에 서명해야 돼."

사라가 '신청서'라고 말하는 순간, 난 이렇게 생각했다. 애들이 파인빌 중학교 학생들에게 서명을 받아서 브리짓과 도리를 응원단!!!에서 쫓아내고 자기들이 그 자리, **도둑맞은 자리**를 되찾으려고 하는구나.

하지만 뜻밖에 그런 종류의 신청서는 아니었다.

"파인빌 중학교 불굴의 정신이라고?"

내가 묻자, 호프는 눈썹을 치켜세울 뿐 아무 말도 하지 않았다.

"우리가 만드는 새로운 응원클럽이야. 우리가 만드는 클럽에 관심 있는 학생들의 서명이 필요하거든. 최소한 스물다섯 명. 뭐, 1교시 시작도 전에 벌써 열두 명한테 받았지만."

만다가 가볍게 말했다. 난…… 놀랐다. 솔직히 말한다면 감탄에 가까웠다. 만다와 사라는 15분도 채 안 걸려 분노를 실천에 옮긴 거다.

호프가 클립보드에 끼워진 종이를 들여다보면서 크게 읽었다.

"파인빌 중학교 불굴의 정신. 선택받은 엘리트만 가입할 수 있는 완전 새로운……."

호프가 읽다 말고 입술을 깨물고는 나보고 마저 읽으라는 듯 신청서를 내 눈앞에 들이댔다.

"선택받은 엘리트만 가입할 수 있는 완전 새로운⋯⋯."

난 잠시 멈추었다. 그러고는 호프가 못 읽고 남긴 두 단어를 성공적으로 읽어내려고 용을 썼다.

"새로운⋯⋯."

"애슬레틱 서포터스!"

호프가 소리쳤다. 그렇다. 쯧쯧, 만다와 사라가 신청서를 들고 진격하기 전에 조금만 더 생각을 했더라면 좋았을 텐데.

애슬레틱 서포터스라니!

우리는 우스워 죽는 줄 알았다.

"우하하하하하하하하!"

진짜 죽을 뻔했다. 우리는 또다시 웃음을 터뜨렸지만, 만다와 사라는 우리가 무엇 때문에 왜 웃는지 도통 모르는 눈치였다. 둘은 기분이 상해서 아직 만들지도 않은 클럽에 우리를 안 넣어주겠다고 협박했다.

"그래, 실컷 웃어, 너희 둘. 애슬레틱 서포터가 될 자격도 없으⋯⋯."

진심이다. 우스워 죽는 일은 한 사람한테 하루에 몇 번까지 가능할까?

"맞아. 아마 난 자격이 없을 거야⋯⋯." 난 웃음을 참으려고 엄청나게 애쓰며 말했다. "애슬레틱 서포터로서는."

호프 역시 나만큼 애를 쓰면서 말했다.

"나도 아니야. 애슬레틱 서포터가 되려면……."

맹세컨대 우리는 하루 종일 이러고 있었을 거다. 다행히 영재반의 만능 스포츠맨인 스코티 글레이저가 만다한테 말해줬다. '애슬레틱 서포터(athletic supporter)'는 원래 뜻(운동 후원자:옮긴이)과 달리, 보통 '국부 보호대'를 가리키는 말로 쓰인다고.

"남자들이 유니폼 안에 보호용으로 입는 거 있잖아. 남자들의……."

스코티가 잠깐 멈췄다가 히죽 웃으며 말했다.

"안면서."

"어머머머머!"(만다)

"맙소사!"(사라)

호프와 난 또 한 번 뒤로 넘어갈 정도로 깔깔 웃었다. 하지만 만다와 사라는 전혀 재미있어 보이지 않았다. 그래서 우리 둘 다 클럽에 들어갈 마음은 꿈에도 없었지만 신청서에 서명을 해줬다.

"난 스포츠는 질색이야."

호프가 나랑 한통속인 것처럼 말했다.

"나도!"

호프의 말에 나도 동의했다.

만다와 사라가 서명을 받으려고 교실을 이리저리 돌아다니는 걸 보며 호프가 말했다.

"운이 좋아서 쟤들이 열 받은 게 오래, 충분히 오래 간다면, 우리한테 클럽에 들어올 자격이 없다고 결정할 수도 있어."

어제까지만 해도 호프는 자기가 만다나 사라와 어떻게…… 뭐랄까…… **다른가**에 대해 이렇게까지 터놓고 얘기하지 않았다. 난 궁금해졌다.

"넌 어떻게 쟤들이랑 친구가 됐어?"

호프는 어깨를 으쓱하고는 대답했다.

"만다는 나랑 같은 골목에 살아. 사라네 가족도 가까이에 살았고. 사라 부모님이 시사이드 하이츠 해변의 돈을 싹 쓸어 담아 **고급** 주택으로 이사 가기 전까지는."

호프는 '고급'이라는 단어를 가식적인 억양으로 말했다. 호프는 재미있는 아이였다. 정말 재미있는. 난 호프의 유머 감각에 감탄했다.

아무튼 문제의 낱말을 '애슬레틱 서포터스'에서 '스포츠 러버스'로 살짝 바꾼 뒤 만다와 사라는 아무 문제 없이 새 클럽에 필요한 서명을 모두 받아냈다. 둘은 벌써부터 자기들의 영향력에 흠뻑 취했다. 자기들이 결정권을 가진 사람이라는 생각에 황홀해했다. 누가 근사하고 누가 찌질한지, 누구를 선택하고 누구를 제외할 것인지. 어이없는 일은 걔들이 회원 후보에게 '불굴의 정신'의 배타

성을 강조하면 할수록 서명을 하지 못해 안달하는 회원 후보가 더 많아진다는 사실이었다.

8교시가 끝나갈 무렵, 만다는 '이제껏 애교심을 독점해온 응원단!!!을 끌어내려 영원히 뭉개버리겠다'는 맹세를 하고 있었다.

애교심이라는 말을 응원단!!!을 향한 선전포고처럼 하는 만다한 테 할 말이 없었다.

그리고 점심시간에 브리짓이 우리 식탁으로 오면 벌어질 살벌한 장면이 정말로 무서웠다. 브리짓이 이 문제를 해결하지 못할까 봐 못 미더워 그런 건 아니었지만. 그런데 브리짓은 문제를 해결할 방법을 스스로 찾아냈다.

난 구내식당 문 바로 앞의 복도에서 브리짓과 마주쳤다. 브리짓 의 귀가 빨갰다.

"내가 점심시간에 도리와 함께 앉겠다고 하면, 넌, 어, 나한테 많이 화가 나겠니? 아, 근데, 매일 그러겠다는 건 아니고! 그냥 며 칠만. 음, 오늘하고……."

난 브리짓과 도리가 우정을 되살리게 되어 멋지다고 생각했다. **3·진·소·친! 0·1·히!** 하지만 왜 난 초대하지 않는지 궁금한 건 어쩔 수가 없었다. 잠시 뒤 묻지도 않았는데 브리짓이 그 질문 에 대한 답을 줬다.

"그러고 싶으면 너도 우리랑 함께 앉아도 돼. 근데 우린 아마 응원단!!! 얘기를 주로 할 거고…… 그러면…….”

브리짓이 아는 거라곤 내가 응원단!!! 선발시험에 도전했다가 하마터면 코 성형을 받을 뻔했다는 것뿐이었다. 나도 응원단에 들어갔다는 걸 브리짓은 전혀 몰랐다.

“괜찮아. 이해해. **가도 돼.**”

내가 의도했던 것보다 목소리가 좀 날카로웠나 보다. 브리짓이 도리의 식탁으로 몇 발짝 가다가 걸음을 멈췄다.

“정말 괜찮지?”

난 안 괜찮으면서도 정말로, 진짜로, 확실히 괜찮다고 말했다. 그 순간에 내가 느낀 감정이 정확히 무엇인지 잘 모르겠다.

가운데 끼인 느낌?

난 원탁에서 별로 말을 하지 않았다. 만다와 사라가 낮 탁자에 도리랑 함께 앉은 브리짓을 헐뜯는 말을 할 때마다 호프가 내 주의를 끌려고 했지만…… 난 모른 척 도시락에만 신경을 쏟았다. 입맛이 싹 달아난 상황에서 그렇게 하기란 무척 힘들었지만.

이런 게 꼭 붙어 다녀야 하는 잘나가는 패거리야?

난 언니한테 묻고 싶었다. 하지만 물어보나 마나 언니의 대답이 무엇일지는 이미 뻔했다.

광란의 마스코트

난 정말 열심히 했다. 정말 진짜 완전 열심히. 솔직히 내 평생 이렇게 숙제에 집중해보기도 처음이었다! 영어도 아니고, 스페인어도, 다른 일반적인 과목 어느 것도 아니었다.

마스코트 숙제였다.

난 일주일 내내 아빠가 TV로 보는 경기면 뭐든지 같이 보면서 프로 마스코트에 대해 연구했다. 아침에는 버스 승강장에서 브리짓이 연습하는 응원 동작을 유심히 지켜봤다. 또 언니의 옛날 응원 비디오에 나오는 동작을 흉내 냈다. 오늘 아침엔 연기력 향상을 위해 다량의 비타민, 미네랄, 카페인이 든 에너지 음료를 몇 리터나 벌컥벌컥 들이켰다.

오늘은 드디어 응원전의 날이다. 그리고 난 준비가 되었다.

시간과 에너지를 온통 응원전에만 쏟느라 그것 말고 다른 일은 어떻게 되어가는지 신경도 안 썼다. 다른 어떤 일? 그러니까, 알겠지만, 목공 수업 낙제에 대한 염려, 첫 남자친구를 잘 고를 방법에 대한 무대책, 잘나가는 패거리답지 못하게 분열하는 친구들에 대한 걱정, 기타 등등. 바로 이런 때를 위해 취미가 필요하다고 생각한다. 취미가 있으면 이런 잡다한 생각을 멈출 수 있을 테니까. 물론 이건 생각하기 말고 다른 취미를 가진 사람의 경우에만 유효하다.

어쨌거나, 가르시아 선생님은 6교시 시작하자마자 들어가라는 지시와 함께 응원단!!! 탈의실의 열쇠를 슬쩍 쥐여줬다. 치어리더들은 모두 유니폼을 입고 학교에 오기 때문에 탈의실엔 아무도 없다고 했다. 선생님은 나한테 응원전이 시작되기 직전까지는 갈매기 의상을 입지 말라고 지시했다. 혹시라도 누가 갈매기 의상을 입은 나를 보면 비밀이 새나갈 수 있으니까. 난 선생님이 시킨 대로 마지막 종소리와 함께 탈의실에 들어갔다. 계획대로 한 거였지만 준비할 시간이 빠듯했다. 난 머뭇거릴 새도 없이 내 몫으로 준비된 PJHS 장비 가방 두 개 중 하나의 지퍼를 열었다.

찌이이이익! 휘이이이익! 퍽! 아얏!

빨강, 하양, 파랑 깃털이 가방에서 휙 튀어 나왔다. 방금까지도 진짜 살아 있는 새에 붙어 있었던 것처럼. 숨을 쉬자 깃털이 코로 들어왔고 도저히 막을 수 없는 초강력 재채기가 쉴 새 없이 터져 나왔다.

게다가 가방이 하나 더 남아 있었다.

콧물, 눈물을 질질 흘리며 두 번째 가방을 열었다. 이번에 나온 건 처음 것보다 섬뜩했다. 툭 불거진 눈에 크고 뾰족한 부리가 붙은 갈매기 머리, 발톱처럼 생긴 북슬북슬한 슬리퍼 두 짝, 팔을 끼울 수 있게 만들어진 날개 한 쌍이 있었다.

시간이 없었다. 응원전이 벌써 진행 중이었다.

"겁내지 말고 응원하라!" 난 주문처럼 중얼거렸다. "겁내지 말고 응원하라."

복장을 모두 갖추는 데는 10분의 시간과 만 번의 재채기가 필요했다. 옷을 입는 내내 가르시아 선생님이 응원을 유도하는 목소리가 확성기를 통해 들려왔다.

"최고! [짝 짝], **최고!** [쿵 쿵]."

전신용 거울을 보려고 몸을 돌리자 꼬리 깃털에 선반이 휙 쓸리면서 몇 십 년은 돼 보이는 파인빌 중학교 응원단!!!의 트로피가 바닥에 떨어져 산산조각이 났다.

이런.

하지만 치울 시간이 없었다. 내 몸에 적응할 시간도 없는데.

가르시아 선생님이 확성기에 대고 나를 부르는 소리가 들렸다.

"힘찬 갈매기! 어디 있나아아아?"

바로 지금 나가지 않으면 영원히 못 나갈 거다. 사실 영원히 안 나가고 싶었다. 하지만 내겐 선택의 여지가 없었다. 내 몸보다 무거운 빨강, 하양, 파랑 깃털의 갈매기 의상을 입고 어디로 달아날 수 있단 말인가?

"힘찬 갈매기! 어디 있나아아아?"

필리 파나틱(프로야구팀 필라델피아 필리스의 공식 마스코트:옮긴이) 등 위대한 선배 마스코트들이 보여준 공동체 정신에 정신을 집중하며 난 경기장 가운데로 달려나갔다. 그리고 관중을 향해 날개를 쫙 펼쳐 보였다. 마치 이렇게 말하듯이.

"보나, 드디어 내가 왔다! 간절히 기다렸던 마스코트가!"

하지만 고작 다섯 발짝쯤 걷다가 발톱에 걸려 넘어지면서 부리로 처박혔다. 다행스럽게도 깃털은 충격 흡수가 끝내줬다. 난 바닥에 통통 튄 뒤 도로 두 발로 우뚝 섰다. 마치 관중을 웃기려고 일부러 넘어진 것처럼 돼버린 거다.

한 번 더 넘어져야 할까 말까 고민할 필요조차 없었다. 초대형 발톱을 신은 내게 넘어지는 건 너무나 자연스러운 현상이었다. 하지만 이번에도 난 잽싸게 통통 튀었고, 다시 일어났을 때는 깃털 덮인 손으로 재즈 핸즈(손가락을 벌리고 손바닥을 펼쳐 보이는 동작:옮긴이) 비슷한 동작까지 해 보일 수 있었다.

"짜-잔!"

사실 관중을 잘 볼 수 없었지만 소리는 들을 수 있었다. 활기 넘치는 응원과 박수 소리로 보아 관중은 나를 엄청 좋아했다. 그리고 파인빌 중학교 응원가의 전주를 연주하는 소리가 들리자 점점 더 열광하기 시작했다! 이런 순서는 전통적인 관례이고 언니가 응원단이던 시절과 조금도 달라지지 않았다. 난 언니의 옛날 비디오를 본 덕분에 엉덩이 씰룩씰룩, 어깨 꿈틀꿈틀, 젖기-털기-흔들기 동작을 몽땅 다 알고 있었다.

그래서 그 동작들을 모두 다 했다.

일단 동작에 익숙해지자 갈매기 의상을 안 입었을 때보다 더 우아해 보이기까지 했다. 내가 **엎누기-쓰러지기-엉덩이 흔들기**를 완벽하게 연기했을 때, 관중 속에서 누군가 질문을 던졌다.

"후 아 유?"

다른 사람들이 가세했다.

"후 아 유? 후 아 유?"

외침은 즉시 탄력을 받았고 관중은 함성을 질렀다.

"후우우우 아 유우우우? 후우우우 아 유우우우?"

웃기지 않는가? 이건 바로 1학년 첫날 푸델 선생님이 나한테 했던 말이다! 혹시 목공 선생님이 관중을 선동해서 이 구호를 외치게 한 게 아닐까 하는 생각이 들었다. 하지만 이 의상 안에 들어 있는 사람이 나라는 걸 푸델 선생님이 알 턱이 없으니까 이건 말도 안 되는 생각이다. 단순히 우연의 일치일 뿐이다.

"후우우우 아 유우우우?"

얄궂은 우연의 일치.

관중의 구호 소리가 커지면 커질수록 익명성에 작별을 고하고 싶은 유혹도 점점 커져갔다. 갈매기 머리를 벗어젖히고 나, 1학년 제시카 달링이 학교를 대표하는 마스코트라고 밝히면 왜 안 된단 말인가? 가짜 깃털이 발명된 이후 최고로 눈부신 연기를 보여준 마스코트의 대가가 바로 나라는 걸 알리면 왜 안 된단 말인가? 가르시아 선생님도 명예를 향한 나의 욕망을 틀림없이 이해해줄 거다! 하지만 이 계획에 중대한 문제점이 있다는 걸 알아차린 순간, 이 생각은 온데간데없이 사라져버렸다.

갈매기 머리에 내 머리가 꽉 끼인 거다.

진짜로, 정말로, 완전히 끼었다. 깃털이 지퍼에 걸린 건지 어떤 건지 알 수 없었다. 내가 아는 건 내가 갈매기 머리에 꼼짝없이 갇혔고 부리 안의 공기가 이미 매우 희박하며 내가 제대로 **발작**을 시작한다면 상황이 악화될 게 틀림없다는 사실이었다.

"후우우우 아 유우우우? 후우우우 아 유우우우?"

난 주의를 끌기 위해 미친 듯이 날개를 퍼드덕거렸지만 응원단!!!은 그저 연기만 할 뿐이었다. 마치 관중에게 이렇게 묻는 것처럼.

"맙소사! 우리 마스코트 정말 재밌지 않니? 완전 '핫'하지 않니?"

실제로 이 체육관에서 가장 '핫'한 사람은 나인 게 확실했다. 갈매기 의상 속은 억만 도쯤 되었고 순간순간 더 뜨거워지고 있었다. 난 브리짓한테 도움을 요청하기 위해 그 소중한 산소를 다 써버렸다. 하지만 소리는 이렇게밖에 안 들렸다.

"도아저어!"

농담이 아니다. 난 과호흡 공황 발작을 겪고 있었다. 난 주의를 끌려고 치어리더들의 얼굴 앞에다 갈매기 머리를 마구 들이밀기 시작했다. 그리고 파인빌 중학교의 그 유명한 피라미드를 무너뜨리는 데 성공했다. 스트라이크를 맞은 볼링 핀처럼 치어리더들이 비명을 지르며 바닥으로 떨어졌다.

관중이 이 사태에 어떻게 반응했는지 난 솔직히 잘 모른다. 고막과 안구 속에서 펄떡거리는 내 맥박 소리 말고는 아무것도 보지도, 듣지도 못했다. 생존본능만이 살아남아 오직 자기보호에만 집중했다. 난 남은 힘을 쥐어짜내 관중석으로 곧장 달려갔다. 관중석에는 수백 명의 학생들과 선생님들이 있었다. 틀림없이 그들 중 누군가가 나를 구해줄 거다! 난 갈매기 머리를 거칠게 쑤셔 넣으며 "도아저어!"를 외쳤다. 하지만 모두들 웃고 떠드는 데만 정신이 팔려 아무도 내 외침을 듣지 못했다.

"후우우우 아 유우우우? 후우우우 아 유우우우?"

그 순간 난 운명을 받아들였다. 이 갈매기는 이제 죽은 고기구
나!

마지막 밭은 숨을 짜내 난 스스로에게 물었다.

"후우우우 앰 아이? 후우우우 앰 아아아아이이이이?"

그렇다, 난 품위 있게 죽기로 결심했다. 거대한 갈매기 의상을
입은 사람이 얼마나 품위가 있을지는 모르겠지만. 난 관중석 첫
째 줄에 북슬북슬한 발톱을 단단히 디디고 관중을 향해 인사한
뒤 곧장 응원단!!! 매트 위로 완벽한 스완다이브(양팔을 벌렸다가 입
수할 때는 머리 위로 뻗는 다이빙 방법:옮긴이), 아니, 갈매기 다이브를
했다.

하지만 매트에 닿지는 못했다. 난 붙잡혔다…… 가르시아 선생
님에게!

가르시아 선생님이 날개를 붙잡고 나를 질질 끌고 갈 때 관중
은 어느 때보다 더 열광했다. 선생님은 체육관 바닥을 가로질러
라커룸을 지나 탈의실로 들어갔다.

문이 닫혔는데도 응원 소리가 여전히 들려왔다.

가르시아 선생님은 문을 잠그고 블라인드를 내린 뒤에야 갈매
기 머리를 벗겨줬다. 내 정체가 탄로 날 가능성을 철저히 막고 싶
었던 거다.

191

"저 소리 들리니? 사람들이 너한테 열광하고 있어! 네가 이 일에 딱 맞을 줄 알았다니까! 즉흥 연기가 완전 예술이었어!"

난 산소 결핍으로 아직도 약간 어지러웠다. 그래서 엄지손가락 (아니, 정확히는 날개)을 치켜세우는 것 이상의 열정은 발휘할 수가 없었다.

7교시에 맞춰 청바지와 티셔츠로 갈아입는데 가르시아 선생님이 '변명거리'를 준비해둬야 한다고 지적했다. 식당에서 친구들한테 둘러댈 그럴듯한 핑계 말이다.

"맙소사! 제시카! 너, 어디 있었니? 그 난리법석 못 봤지?"

"무슨 난리법석?"

난 아무것도 모르는 것처럼 물었다. 보이지 않는 깃털이 붙어 있는 듯한 느낌에 어깨를 탁탁 털어내면서.

"응원전 말이야! 완전 난리였어. 넌 어디 있었던 거야?"

내가 대답하지 않으면 사라는 계속 물을 게 분명했다. 다행히도 아까 가르시아 선생님이 핑곗거리를 일러줬다.

"보건실에 있었어. 여자들만의 그 일 때문에."

그러면서 난 배를 움켜잡았다. '여자들만의 그 일'이 있을 때 다른 애들이 그러는 걸 봤으니까.

"그래서 아무것도 못 봤다고? 그 또라이 병아리도 못 본 거야?"

사라가 따지듯 물었다.

"갈매기."

호프가 바로잡았다. 호프는 조용히 말했지만 충분히 알아들을 수 있었다.

난 어리둥절한 척하며 물었다.

"또라이 병아리가 뭔데?"

그때 브리짓과 도리가 나타나더니 분통을 터뜨렸다.

"우리가 받아야 할 관심을 그 또라이 병아리가 다 훔쳐 갔어."

12년 동안 브리짓과 알고 지냈지만 브리짓이 이 정도로 열 받은 건 솔직히 처음 봤다. 심지어 브리짓이 가장 아끼는 식민지 시대 소녀의 인형에 내가 펑크스타일의 화장을 해줬을 때도 이 정도는 아니었다. 만다와 사라는 둘을 쌀쌀맞게 쳐다봤다. 그러더니 사라가 흐르지도 않은 눈물을 닦아내며 말했다.

"맙소사! 어떡하니! 으흐흑!"

"우린 날마다 정말 열심히 연습했어. 그런데 모두들 그 또라이 병아리 얘기밖에 안 하고 있으니!"

브리짓이 볼멘소리를 했다. 이런 상황에서도 호프는 입모양으로 갈매기라고 말하고 있었다.

"우린 정말 완대했는데 아무도 몰라준다니까!"

도리가 큰 소리로 말했다.

그러자 만다가 눈을 흘기며 말했다.

"첫째, 제바아아알, 이제 그 '완대'란 말 아무도 안 쓰는 거 모르니?"

사라는 깜짝 놀란 듯 멍해 보였다. 이건 사라가 처음 듣는 소리였지만 사라는 일단 동조하는 척했다.

"맙소사! 그거 모르는 사람이 아직도 있어?"

"둘째, 너희들은 그냥 질투를 하는 것뿐이야."

이건 애교심 전쟁을 선포할 만큼 질투심이 강한 사람이 하기엔 상당히 뻔뻔스러운 소리였다. 만다는 계속 말을 이어갔다.

"개인적으로 난 마스코트가 정말 맘에 들어."

"맙소사! 나도 그래! 내 생각엔 그 병아리가 엄청 뜨거운 애교심을 보여준 것 같은데!"

사라의 말에 감자칩을 먹던 호프는 하마터면 목이 막힐 뻔했다.

가장 친한 친구들조차 온 학교가 떠들어대는 마스코트가 나일 거라곤 눈곱만큼도 의심하지 않았다. 난 파인빌 중학교에서 가장 유명한 동시에 가장 이름 없는 존재였다. 마지막 수업을 들으러 가는 동안 나에 대해 떠들어대는 2학년들의 얘기를 듣고 있으려니 기분이 묘했다.

"버크 로이가 바로 그 병아리라는데?"

"자식아, 버크는 선수야. 선수가 어떻게 마스코트 노릇을 하냐?"

194

"버크는 **아주** 재밌는 놈이잖아. 그 말이 맞을 수도 있다구."

"버크는 분명 선수 유니폼 입고 체육관에 있었거든. 버크는 아니야."

"**버크버크버크**. 맞잖아, 병아리."

"웃기시네."

"그럼 누군데?"

"모르지. 하지만 그 병아리가 누구든 간에, **진짜** 재밌는 녀석이야."

"근데 왜 우리 마스코트가 병아리냐?"

난 호프가 떠오르면서 '갈매기!'라고 소리칠 뻔했다. 하지만 못 그랬다.

대부분의 사람들이 '힘찬 갈매기'가 남자일 거라고 생각하는 게 흥미로웠다. 그렇게 과감하게 거리낌 없이 행동할 수 있는 건 남자뿐이라고, 온 학교가 보는 앞에서 그렇게 촐싹거리며 자기를 **엄청** 우스운 바보로 만드는 위험을 무릅쓸 여자는 없다고······.

난 화가 났다. 왜 모든 여자가 야망 없고 소심하고 (우웩) **완전 여자다워야** 하지? '남자다운' 상황이라는 틀에 박힌—

아. 아아아아아.

그런데 난 목공 수업에서 야망 없고 소심하고 (우웩) 완전 여자답게 행동하지 않았나?

195

그랬다.

하지만 이젠 아니다. 바로 오늘부터! 아니다! 오늘 난 겁내지 않고 응원했다! 이제 난 겁내지 않고 목공 할 거다! 그게 나를 죽일지라도 난 숟가락을 만들 거다! 숟가락이 나를 죽이지 않는다면 더 좋겠지만, 그렇지?

난 자신만만하게 8교시 수업에 들어갔다. 그동안 남자애들이 숟가락을 만들면서 나한테 여자와 방귀와 여자의 방귀에 대해 묻는 내내 난 숟가락 만들기 설명서만 들여다봤다. 덕분에 만드는 방법을 외울 수 있을 정도였다. 무엇을 해야 하는지는 다 알고 있었다.

그냥 행동으로 옮기기만 하면 되는 거다.

"겁내지 말고 목공 하라."

난 부드러운 단풍나무 조각을 고르면서 중얼거렸다.

"겁내지 말고 목공 하라."

숟가락 견본을 따라 그리며 다시 말했다.

"겁내지 말고 목공 하라."

나무 조각이 단단히 고정되도록 바이스(공작물을 끼워 고정하는 기구:옮긴이) 손잡이를 돌리면서 다시 한 번 말했다.

일에 집중하느라 주위에서 벌어지는 일에는 눈곱만큼도 신경을 쓰지 않았다. 하지만 푸델 선생님이 나의 집중을 방해했다.

196

"이게 뭔가?"

푸델 선생님이 가리고 있어서 누구한테 한 말인지 몰랐지만 왠지 시건방일 것 같았다. 역시나 내 생각이 맞았다. 시건방의 말소리가 들렸다.

"과제물인데요."

"이건 숟가락이 아니다."

시건방은 전혀 기가 죽지 않은 목소리로 대답했다.

"알아봐주셔서 감사해요. 숟가락이 아니라 이쑤시개예요."

"이쑤시개라."

푸델 선생님은 반은 못 믿겠다는 듯, 반은 **무슨 헛소리**냐는 듯 말했다.

"이건 **기념비적인** 이쑤시개예요! 보이세요? 이름을 새겨 넣었어요!"

그 '기념비적인' 이쑤시개는 보통의 이쑤시개와 전혀 달라 보이지 않았다. 하지만 푸델 선생님은 '기념비적인' 이쑤시개를 전등 밑으로 들어 올려서는 가치를 감정하려는 듯 이리 돌려 보고 저리 돌려 보고 했다. 마치 엄마가 즐겨 보는 고리타분한 〈진품명품 쇼〉에 나오는 전문가 같았다. 그 쇼에 나오는 사람들은 다락에서 찾아낸 쓰레기를 골동품이라고 우겨서 돈을 벌 생각밖엔 없어 보였다.

"이 이쑤시개에 **푸델 선생님의 사유재산**이라고 쓰여 있는 거 맞나?"

"**기념비적인** 이쑤시개라니까요. 맞아요, 그렇게 썼어요!"

"어떻게 이렇게 **했지?**"

푸델 선생님은 진심으로 감동받은 것처럼 말했다.

그걸 지켜보느라 정신 팔려서 내가 바이스 손잡이를 계속 돌리고 있다는 걸 잊어버렸다.

"으악!"

내 검지손가락이 완전히 짓눌렸다! 많이 아팠다. 난 너무 놀란 나머지 손잡이를 잘못된 방향으로 더 세게 돌렸다. 그 바람에 상황이 더 나빠졌다.

"우와아아아악!!!"

그때 푸델 선생님이 쏜살같이 달려와서 바이스에 꽉 낀 나를 구해줬다. 난 손을 공중에다 마구 흔들면서 미친 듯이 교실을 빙빙 돌았다.

"으악! 으악! 으악!"

그러다 선반에 부딪혔고, 그 바람에 여러 반 애들이 몇 시간을 들여 만들었을 냅킨꽂이와 숟가락들이 바닥에 와르르 떨어져 내렸다.

"으악! 으악! 우와악!"

푸델 선생님이 마구 휘둘러대는 내 어깨를 붙잡고 비상사태를 선포했다.

"시건방! 클레멘타인을 보건실로 데려가라! 혼자 갈 수 있을 것 같지 않다!"

난 여전히 아파서 소리치고 팔짝팔짝 뛰느라 제대로 대화를 나눌 수가 없었다. 남자애랑 단둘이 있게 된 것조차 눈곱만큼도 신경 쓰이지 않았다. 시건방이라고 불리는 남자애. 나한테 아무것도 묻지 않는 유일한 남자애. 전혀. 한 번도.

교실 건물과 뚝 떨어져 있는 보건실에 거의 다 갔을 때 시건방이 입을 열었다. 시건방이 나한테 처음으로 말을 한 순간이었다.

"도아저어."

내가 소리치며 팔짝팔짝 뛰는 모습을 보자 응원전 때 관중 앞에서 춤추고 나대던 깃털 달린 마스코트가 연상됐나 보다. 내가 아니라고 펄쩍 뛰기도 전에 시건방은 손가락을 입술에 갖다 대며 '쉿' 하고 말했다.

시건방은 보건실 문을 열며 나를 안심시켰다.

"걱정 마, 클레멘타인. 네 비밀은 나 혼자 간직할 테니까."

왠지 모르겠지만 난 시건방의 말이 믿어졌다.

웃기는 시건방

비밀스러운 신분으로 살아가는 건 다음과 같다.

바로잡기: 거의 비밀스러운 신분이라고 해야 할 것 같다. 시건 방이 날마다 목공 수업에서 내 신분을 생각나게 만들기 때문이다. 하지만 시건방 이야기는 일단 뒤로 미뤄둬야 한다. 먼저 얘기할 중요한 사람이 있으니까. 바로 브리짓.

브리짓은 나를 증오한다. 자기가 증오하는 사람이 나인 줄도 모르면서 하여튼 나를 증오한다. 브리짓은 버스 승강장으로 걸어 가는 길에 투덜댔다.

"아유우우우! 우리 학교 마스코트 미워 죽겠어! 도리랑 난 응원 예술 수준을 떨어뜨리는 그 병아리를 가르시아 코치님이 왜 그냥 놔두는지 이해 못 하겠어!"

"갈매기……."

"그게 뭐든, 난 그 지지리도 못생긴 병아리가 미워 죽겠다구."

이 말을 듣는 순간 불현듯 세 가지 생각이 떠올랐다.

첫째, 브리짓은 이전에는 절대로 아무것도 미워하지 않았다.

둘째, 내가 정말 그렇게 못생겼나? 촌스럽긴 하다. 하지만 지지리도 못생겼다니!

셋째, **왜 모두들 나를 병아리라고 생각하는 건데?**

아무튼 브리짓이 날마다 수업 끝난 뒤에 응원단!!! 연습을 가기 때문에 혼자서 하교 버스를 타야 하는 건 최악이었다. 그건 브리짓이 금요일마다 점심시간에 응원단!!!과 함께 앉기 시작한 것보다 더 나쁜 일이었다. 그건 브리짓이 금요일을 빼고도 적어도 일주일에 두 번은 도리와 함께 주방 근처 사각 탁자에 앉는 것보다 **더, 더** 나쁜 일이었다.

하지만 무엇보다 가장 나쁜 일은 나의 단짝친구가 **죽도록 미워하는 지지리도 못생긴 병아리**가 된 거였다.

나와 브리짓 사이에 틈이 생기리란 걸 모르지는 않았다. 그 틈은 브리짓이 예쁜 것과 관계가 있으리란 것도 알았다. 하지만 일이 이런 식으로 벌어질 줄은 몰랐다. 그냥 흔히 보는 뻔한 이야기가 될 거라고 예상했을 뿐이다. 그러니까, 브리짓한테 남자친구가 생겨서 나라는 존재를 잊어버린다, 뭐 그런 식으로. 하긴, 브리짓이 버크 로이랑 시시덕거리는 걸 봐서는 여전히 그런 이야기도 충분히 가능하다. 다만 아직 일어나지 않았을 뿐.

난 브리짓을 보면서 시시덕거리는 기술도 배워야 했다. '퀸카의 조건 3번: 첫 남자친구를 잘 골라야 한다'를 실행할 차례였기 때문이다. 하지만 남자에 대해서는 옷이나 응원단!!!보다 더 막막했다. 정말 솔직히 말하자면 이 주제들 중 어느 것에 대해서도 난 **여전히** 아는 게 **아무것도 없었다.**

학교에서 나의 존재를 알고 있는 것 같은 유일한 남자가 시건방인데 걔는 신경 꺼도 되는 존재였다. 시건방은 쉬는 시간이면 복도에서 설치고 다녔다. 내가 보기엔 여자애들 놀리기가 취미인 것 같았다. 그런데 지금 가만 생각해보면 시건방이 정말로 여자애들을 놀리려고 그러는 건지는 잘 모르겠다. 내가 하고 싶은 말은, 시건방이 하는 짓이 버크 로이가 하는 짓과 전혀 다르지 않다는 거다. 다른 점은 이것밖에 없다. 버크 로이가 야구모자를 눈 밑까지 덮어씌우거나 말총머리를 잡아당기거나 브래지어 끈을 탁 튕기거나 하면, 여자애들은 보통(브리짓은 유난스럽게) 놀란 토끼눈을 하고 키득거렸다. 그런데 시건방이 똑같이 이런 짓을 하면, 여자애들은 그냥 짜증만 냈다.

시건방이 여자애들을 놀리려고 노력하는 건지, 아니면 그냥 놀리기 기술을 타고난 건지는 잘 모르겠다. 이유가 뭐든 간에 개학하고 몇 주 동안 시건방은 목공 수업에 놀릴 수 있는 여자애(나 말이다!)가 있는지도 모르는 것 같았다. 시건방은 내 비밀스러운 신분을 눈치채기 전에는 나한테 전혀 말을 걸지 않았다. 그런데 요새 시건방은 수업 내내 나한테 말을 한다! 이렇게 말하면 되려나: 시건방이 나를 놀리는 데 쓰는 정도의 에너지를 내가 목공 수업에 쓴다면 난 지금쯤 삼나무로 요트를 만들어냈을 거다, 그것도 손으로만.

"클레멘타인, 저건 내가 본 중에 최고로 못생긴 식기류 같은데."

내가 만든 우툴두툴하고 구부러진 숟가락을 가리키며 시건방이 말했다.

맞는 말이다. 숟가락은 정말 꼴불견이었다. 내가 최초로 받은 C-이기도 하고. 다른 과목에서 C-를 받았다면 나의 학업성취도에 엄청난 결함이 됐을 거다. 하지만 난 보통밖에 안 되는 이 성적도 정말 자랑스러웠다. 내가 C-씩이나 이룩한 거다! 거기다 푸델 선생님 말로는 필기시험이 만점이고 두 번째 과제(냅킨꽂이)에서 실력이 많이 좋아졌기 때문에 목공 수업이 내 전체 성적을 갉아먹을 염려는 없단다.

시건방은 내가 만든 꼴불견 넘버원 숟가락과 자기 친구가 만든 꼴불견 넘버투 숟가락으로 타악 연주를 하고 있었다. 문득 시건방이 내 대답을 기다리고 있다는 걸 깨달았다. 대화로 이어지느냐 마느냐는 나한테 달려 있었다.

"어, 근데 네가 만든 기념비적인 이쑤시개는 어떻게 됐어?"

"아, 그거. 푸델 선생님이 F-를 주던데."

톱이 윙윙거리는 소리 때문에 내가 똑바로 들었는지 자신이 없었다.

"F-라고?"

"푸델 선생님도 F-를 준 건 처음이래."

시건방은 아주 뿌듯하다는 듯이 말했다.

그림자가 우리 위로 덮쳐왔다. 이런 그림자를 만들 수 있는 사람은 딱 하나밖에 없었다.

푸델 선생님이 버럭 소리를 질렀다.

"잘 들을 수 있나?"

선생님은 시건방과 내가 잘 안 들을 수 있기라도 한 것처럼 말했다.

"너희들이 뭔가를 **한 수 있다**고 해서 그렇게 **해도 된다**는 뜻은 아니다. 마찬가지로 너희들이 뭔가를 **한 수 없다**고 해서 그렇게 **안 해도 된다**는 뜻도 아니다."

선생님이 돌아가자 시건방이 말했다.

"거참, 심오한 말씀이군."

그러고는 두드리기를 멈추더니 숟가락 하나를 장난스럽게 머리 위에 올리고 안 떨어지도록 균형을 잡았다. 그날따라 유난히 형

204

클어진 시건방의 머리카락에 숟가락이 파묻혔다.

"그 숟가락, 네 머리 빗는 데 써도 되겠다."

시건방이 딱딱하게 굳은 얼굴로 나를 뚫어져라 바라봤다. 아, 이런! 기분이 상했…….

그런데 시건방이 입을 열더니 고개를 뒤로 젖히고 웃었다. 엄청나게 큰 **하! 하! 하!** 웃음이었다. 그래도 숟가락은 꿈쩍도 안 했다.

"클레멘타인, 너 재밌는 애구나."

시건방이 실컷 웃고 나서 말했다. 그러곤 내 꼴불견 숟가락을 집어 아주 장난스럽게 내 머리 위에 올려놓았다. 내 머리엔 숟가락이 걸릴 만한 웨이브가 없기 때문에 훨씬 힘들었다.

시건방이 아주 심각한 얼굴로 나를 쳐다봤다. 둘 다 머리 위에 숟가락을 얹어놓은 채로 그러고 있으니까 웃겼다. 시건방의 눈동자는 갈색이었다. 하지만 나처럼 밋밋한 갈색은 아니었다. 음…… 뭐랄까…… 독특한 갈색이었다. 나와 시건방의 갈색이 어떻게 다른가를 골똘히 생각하고 있는데 시건방이 입을 열었다.

"난 실패자야."

그 말이 제법 진실에 가까운데도 난 아니라고 말해주고 싶었다. 하지만 뭐라고 하기도 전에 시건방이 의자 위로 폴짝 뛰어올랐다.

"나의 재주를 보시라!"

그러곤 의자에서 뛰어내려 가뿐하게 두 발로 섰다. 하지만 숟가락은 미끄러져 탁 하고 바닥에 떨어졌다.

난 웃었다. 하지만 너무 크게 웃지 않으려고 애썼다. 내 머리 위에 얹힌 꼴불견 숟가락을 떨어뜨리지 않고 싶어서였다.

시건방과 난 수업이 끝날 때까지 말을 하지 않고 냅킨꽂이에만 집중했다. 끝종이 울렸을 때 난 시건방이 40분 전에 올려둔 숟가락을 의기양양하게 내려놓았다. 그리고 문으로 몰려나갈 때 숟가락으로 시건방을 쿡 찌르며 말했다.

"내가 이겼네!"

난 정말 뭔가 이긴 듯한 기분이 들었다. 그게 뭔지는 아직도 모르겠지만.

"그래, 네가 이겼다. *이번에는.*"

이건 *다음번*을 기약한다는 말이 아닌가? 난 기뻐서 웃음을 참을 수가 없었다.

기뻐도 너무 기뻐서.

난 사물함 앞에서 천천히 피루엣(한쪽 발끝으로 서서 머리와 발끝을 연결하는 선을 축으로 삼아 몸을 팽이 모양으로 돌리는 기술:옮긴이)을 했다. 별로 성공하지는 못했지만. 서두르지 않으면 하교 버스를 놓칠지도 몰랐다. 하지만 그때는 그것도 별로 중요하지 않았다.

"제시카, 너 뭐 하는 거야?"

206

난 깜짝 놀랐다.

언제 어디서 왔는지도 모르게 브리짓이 갑자기 내 앞에 나타나 있었다. 요즘 늘 그렇듯이 도리가 브리짓 바로 뒤에 서 있었다.

"깜짝 놀랐잖아."

"너, 요새 무슨 일 있니? 좀 수상한데."

"그게 무슨 말이야?"

"나한테 뭔가 숨기는 것 같단 말이야. 브라에 뽕 넣은 것도 말 안 했었잖아."

브리짓이 하늘색 눈을 가느다랗게 뜨며 말했다. 브리짓의 얼굴이 하도 가까이 다가와서 숨결에 묻어 있는 풍선껌 냄새까지 느껴졌다.

"난 그냥, 그러니까, 솔직히 물어볼게."

브리짓이 말을 멈추는 순간 난 마음을 가다듬고 무서운 질문을 기다렸다: 네가 마스코트 맞지, 그치?

"너. 걔를. 좋아해. 안 좋아해?"

브리짓은 무엇을 묻는지 분명히 하려고 일부러 천천히 또박또박 말했다. 그런데도 난 브리짓이 뭘 묻는 건지 알 수가 없었다. 왜 묻는지도. 난 진심으로 어리둥절했다.

"내가? 누굴?"

브리짓이 도움을 바란다는 듯이 도리를 힐끔 봤다. 도리는 '그만 가자'는 듯이 브리짓을 쿡 찔렀다.

"누구 말하는 건지 알잖아."

안다고? 내가? 브리짓이 말하는 게 나랑······?

시건방?

잠깐만! '나랑 시건방'이라고 부를 만한 게 어디 있어? 어떻게 브리짓이 있지도 않은 일을 안단 말이야?

"난 네가 누굴, 뭘 말하고 있는지 모르겠어."

브리짓은 움찔하더니 곧바로 태연해졌다. 브리짓의 입술이 웃는 것 비슷하게 풀어지는 걸 보고 있으려니 브리짓이 했던 말이 떠올랐다.

"제시카, 자신이 없을 땐 그냥 웃고, 웃고, 또 웃는 거야!"

"알았어. 널 믿을게."

하지만 브리짓은 나를 믿지 않았다. 또 자기가 나를 믿지 않는 걸 내가 안다는 것도 알았다. 단짝친구라면 서로 그 정도는 아는 법이다.

하지만 그걸 안다고 해서 나아지는 건 아무것도 없었다. 우리는 복도를 따라 걸어갔다. 서로 다른 방향으로.

힘찬 갈매기의 공식 데뷔전

오늘 오후는 힘찬 갈매기가 실전 경기에 데뷔하는 날이다.

나의 시작.

나의 끝.

그리고 어쩌면 나의 새로운 시작.

아무튼 난 초집중하고 있었다.

브리짓과는 모든 것이 정말로, 진짜로 서먹서먹했다. 요즘 브리 짓과 난 아침에 스쿨버스에서만 보는데, 그때도 브리짓은 대부분 의 시간을 나랑 얘기하는 대신 버크랑 시시덕거리며 보냈다. 브리 짓이 나한테 화내는 걸 탓할 생각은 없었다. 브리짓은 나한테 비 밀이 있다는 걸 알았다. 그 비밀이 뭔지 모를 뿐이지. 우리 사이의 긴장감을 더 이상은 견딜 수 없었기 때문에 오늘 경기가 끝난 뒤 브리짓한테 나의 비밀스러운 정체를 털어놓을 생각이었다. 이건

가르시아 선생님을 화나게 할 일이지만, 뭐 코치는 단짝인 브리짓
만큼 나한테 중요한 사람이 아니니까.

이젠 *예전* 단짝이라고 해야겠지만.

어쨌든 난 다시 한 번 초집중했다.

끊임없는 소문과 추측에도 불구하고 갈매기 의상 안에 있었던
사람이 나라고 생각하는 사람은 아무도 없었다. 그리고 나의 정
체를 알고 있는 유일한 사람은 뜻밖에도 그 정보를 혼자서만 잘
간직하고 있었다.

신기하게도. 정말로.

8교시가 끝날 무렵 시건방이 다가오더니 나무로 만든 동전 모
양의 조각을 나한테 줬다. 그러고는 친구들과 함께 문으로 몰려
나가며 한 마디 남겼다.

"행운을 빈다."

시건방은 목공용 인두로 나무조각 한쪽 면에는 힘찬 갈매기를
그리고 반대쪽에는 **겁내지 말고 응원하라**라고 새겨놓았다.

그게 나의 표어라는 걸 시건방은 어떻게 알았을까?

하지만 시건방이 과연 누구이며 또 나에 대해 뭘 아는가 같은
걸 궁금해하고 있을 시간이 없었다. 코앞으로 다가온 경기를 맞
아야 했다. 정확히 말하자면, 그러니까, 코앞이 아니라 갈매기 머
리 앞이지만.

오늘의 경기는 우리 학교 미식축구팀이 베이게이트 베어스와 벌이는 개막전이다.(베이게이트 베어스는 확실히 우리 라이벌이니까 우리는 그 팀을 증오해야 한다. 왜냐면…… 음…… 근데 왜 증오해야 하지?) 브리짓과 도리는 파인빌 중학교 응원단!!!의 신입 단원으로 하프타임 때 데뷔하기로 되어 있었다. 거기다 파인빌 중학교 불굴의 정신(만다와 사라, 그리고 거의 둘만큼 잘나간다는 이유로 선택받은 소수의 1학년 여자애들로 구성된 새로운 응원클럽)도 처음 선을 보이게 되어 있었다. 딱 붙는 **불굴의 정신** 티셔츠를 입은 8명의 여자애들은 **불굴의 정신** 깃발을 흔들고 호루라기를 불고 **우후우우우우우** 소리 지르며 주로 자기들 스스로에게 환호하고 있었다.

그러거나 말거나. 경기는 중요한 이벤트다. 미식축구를 별로 좋아하지 않는 사람이 보기에도 경기하는 데 끝내주게 좋은 날이었다. 햇빛은 눈부시고 공기는 시원하고 뽀송뽀송했다. 스웨터를 입고 스티로폼 컵에 담긴 코코아를 함께 마시며…… **누군가와** 딱 붙어 다니고 싶은 그런 날이었다. 관중석을 **빽빽하게** 채운 학생들과 선생님들, 부모님들도 틀림없이 다 같은 생각일 거다.

놀랍게도 난 이런 대규모 관중 앞에 나서는 게 별로 긴장되지 않았다. 오히려 세상에서 가장 증오하는 꼴불견 병아리가 나라는 고백을 듣고서 브리짓이 과연 어떤 반응을 보일까에 더 신경이 쓰였다. 게다가 오늘 오후 내가 운동장에서 무슨 짓을 하더라도 응원전 때 겪은 죽음의 고통에 비기면 아무것도 아닐 거다. 좋다. 솔직히 말하면 나의 팬들이 줄어들까 봐 아주 약간 걱정스럽긴 하다. 내 말은, 힘찬 갈매기에겐 첫날보다 뛰어난 연기를 보여 줄 능력이 별로 없다는 말이다. 맞잖아?

하지만. 전혀. 그렇지 않았다.

내 생각에 출발은 괜찮았던 것 같다. 사실 난 운동장에서 겨우겨우 열 발짝쯤 걸었다. 하지만 발톱이 꼬여 넘어지면서 공중제비(공중갈매기?)를 하는 것 비슷하게 되어버렸다. 어쨌든, 아무튼, 하여튼 두 발로 착지하는 데 성공했다.

짜잔!

나한테는 일부러 그렇게 할 재주가 없었지만 하여튼 일부러 그렇게 한 것처럼 보였다.

그러고 나서 난 브리짓과 도리, 응원단!!!과 함께 파인빌 중학교 공식 응원가에 맞춰 춤을 추었다.

가라, 가라, 가라!
힘찬 갈매기!
싸워라, 싸워라, 싸워라!
힘찬 갈매기!
이겨라, 이겨라, 이겨라!

212

힘찬 갈매기!

흔히 저지쇼어(Jersey Shore) 갈매기로 알려진 이 날짐승을 잘 모르는 사람들은 이렇게 생각할지도 모르겠다. 아무래도 학교 마스코트로는 좀 약하지 않나 하고. 하지만 시사이드 하이츠 해변에서 자란 저지쇼어 갈매기는 그런 부류가 아니다. 애들은 거칠다. 방금 산 따뜻한 프레첼을 먹으려고 들어 올리는 순간 기습공격으로 가로채 가는 게 애들이다. 애들은 급강하 비행으로 손에 쥐고 있는 이탈리안 소시지 샌드위치를 뜯어 가기도 한다. 심지어 애기들 손에 들린 솜사탕까지도 훔쳐 간다.

갈매기들은 거친 척하는 게 아니다. 진짜로 거칠다.

하지만 난 전혀 거칠지 못했다. 나의 우스꽝스러운 춤과 바보 같은 행동은 관중의 호응을 전혀 불러일으키지 못했다. 2초만 더 있으면 관중이 야유를 보내며 나를 퇴장시킬 것 같았다.

그때 뭔가가 꼬리 깃털을 잡아당기는 느낌이 들었다.

난 갈매기 머리를 최대한 뽑아 무슨 일이 벌어지고 있는지 돌아봤다.

"꽤애애애액!"

내가 평생 본 것들 중에 최고로 큰 거위였다. 그리고 그 거위는 나한테 꽥꽥거리고 있었다.

수많은 생물들 중에서 왜 이 거위만은 나를 꼴불견 병아리로 보지 않는단 말인가? 아니다, 이 거위는 나를 아주 매력적인 거위로 착각한 거다.

응원 밴드의 연주에 흥분해선지, 경쟁심 때문인지, 경기 전에 마신 콜라 3리터 때문인지는 잘 모르겠지만 난 무의식적으로 날개를 퍼덕이면서 겁을 주어 거위를 쫓으려고 했다. 그런데 관중이 이 행동을 좋아했다. 그래서 난 보디빌더 포즈를 잡으면서 거위를 때려눕히고 승리를 거둔 것처럼 연기하기 시작했다. 파인빌 중학교의 힘찬 갈매기가 또 다른 적을 납작하게 쳐부순 것이다!

난 갈매기 날개를 구부리며 으스댔다. 그때 깃털로 덮인 내 아래쪽에서 좀 더 적극적인 집적거림이 느껴졌다.

어라아아아~

초등학교 때 특별한 강연을 받은 적이 있었다. 그때 여자 경찰이 와서 우리에게 '낯선 사람의 위험성'에 대해 경고해줬다. 어떤 사람을 봤을 때 딱 꼬집어 말할 수는 없지만 뭔가 뱃속이 찌르르한 이상한 느낌이 들면 그냥 그 느낌을 믿으라고 말했다. 그걸 '어라' 느낌이라고 부르면서, '어라' 느낌이 들면 뭘 하고 있었든 잊어버리고 그런 느낌을 주는 사람에게서 최대한 빨리 달아나야 한다고 했다.

이 거위가 바로 '어라' 느낌을 줬다.

거위는 나의 춤을 일종의 구애 행동으로 이해한 게 틀림없었다. 거위가 나의 행동에 겁을 먹었는지, 자극을 받았는지 확실히 모르지만 그걸 알아내고 싶은 마음은 눈곱만큼도 없었다. 난 공황 상태에 빠졌다. 또 한 번.

난 어디로 가는지도 전혀 모르면서 미친 듯이 달리기 시작했다. 햇빛이 정면으로 비추고 있는 데다 거대한 갈매기 의상을 입은 채로는 방향을 가늠할 수가 없었다.

거위가 나를 따라잡는 데는 아무 문제가 없었다. 즉시 사방에서 공격이 들어왔다. 인조 깃털들이 여기저기로 날렸다. 다시 한번, 난 도와달라고 외쳤다. 하지만 '도아저어'는 거위들의 말로 '아잉, 자기야'쯤 되는 게 분명했다. 거위는 나를 확실히 여자친구로 만들겠다는 듯 어느 때보다 더 우렁차게 나를 보고 꽥꽥거렸다. 이 대목에서 내가 정말로 넋이 나간 게 분명하다. 순간 진짜로 이런 생각이 들었기 때문이다. 이것도 '퀸카의 조건 3번: **첫 남자친구를 잘 골라야 한다**' 상황에 해당하는 게 아닐까 하는.

이때부터 내가 전력질주를 했던 게 틀림없다. 난 사이드라인을 넘어 경기가 한창 벌어지고 있는 운동장 한복판으로 뛰어들었다. 경기는 스리 야드 라인(양 팀의 골라인 전방 3야드에 그어진 짧은 선으로 이곳에서 득점을 시도한다:옮긴이)에서 포스다운(공격 팀이 공격권을 갖는 4회의 다운 중 마지막 다운:옮긴이)이 진행되고 있는 결정적 상황이었다. 이것도 나중에 가르시아 선생님이 말해줘서 안 것뿐이다. 그때 난 갈매기 머리 안에서 일어난 심각한 공황 발작 말고는 아무것도 몰랐기 때문이다.

갑자기, 기적적으로, 풀밭을 가로지르는 움직임이 퍼뜩 보였다. 잘은 보이지 않았지만 거대한 갈색 물체가 나를 향해 달려오고 있었다. 나중에야 그게 상대 팀의 마스코트인 베이게이트 베어라는 걸 알게 되었다. 그는 내가 일부러 경기를 방해한다고 생각한 거였다. 난 원정 팀을 방해하려는 게 아니었다! 단지 거위한테서 달아나려고 했을 뿐이다! 하지만 그건 베이게이트 베어에게 중요하지 않았다. 오직 빼앗긴 점수가 중요할 뿐! 그는 운동장 반대편에서 나를 추격해 왔다.

그래서 이제 난 사랑에 빠진 거위와 미쳐 날뛰는 곰, 둘 다에게 공격당하는 신세가 되었다.

이 추격전이 얼마나 오래 갔는지 난 모른다. 위기 상황에서는 시간이 쏜살같이 흐른 것 같기도 하고 동시에 가만히 멈춰 있는 것 같기도 했다. 이게 **말도 안 되는** 소리란 걸 나도 안다. 하지만 이 이야기에 말이 되는 부분이 어디 있단 말인가? 이 이야기에서 완벽하게 **말이 되는** 단 하나의 사건은 이제 벌어진다.

내가 부리로 골대를 들이받은 거다.

216

절교 선언

깨어나 보니 난 죽지 않고 살아 있었다. 보건실에. 하지만 브리짓의 얼굴에 어린 살기등등한 표정으로 보아 이미 죽은 거나 다름없었다.

"**너**였어! 바로 **너**였다구! 처음부터 계속!"

이걸 부인할 수는 없었다. 누군가가 갈매기 머리를 벗겨냈지만 목 아래로는 여전히 힘찬 갈매기였으니까. 쫓기는 동안 깃털이 거의 다 빠져버린 내 모습은 스크루지가 준 쥐꼬리만 한 돈으로 밥 크래칫이 겨우 살 수 있을 법한, 뼈만 앙상한 칠면조 꼴이었다. 하지만 내 애처로운 몰골도 단짝친구의 동정심을 불러일으키지는 못했다.

예전-단짝.

브리짓은 불같이 화를 내며 말했다.

"네가 어떻게 이럴 수가 있어? 나한테 그렇게 소중한 것들을 어떻게 네가 몽땅 다 훼방 놓을 수 있지? 난 너랑 제일 친한 친구인데!"

난 설명을 하려고 애썼다.

"그러려고 한 게 아니―"

브리짓이 내 말을 가로막았다. 브리짓이 이러는 걸 전에는 한 번도 본 적이 없었다. 분노가 브리짓의 얼굴을 일그러뜨려서 아주…… 음…… 내가 상상도 할 수 없었던 안 예쁜 얼굴로 만들어놓았다.

"넌 내가 응원단이 된 걸 질투한 거야! 넌 만다나 사라, 걔들이 만든 멍청한 응원클럽보다 하나도 나을 게 없어!"

브리짓의 비난을 부인하려다가 그 말이 어느 정도는 맞다는 걸 깨달았다. 브리짓이 응원단!!!에 들어간 게 샘나지는 않았다. 하지만 브리짓이 너무 쉽게 중학교에 적응하는 게 부러웠다. 언니가 만든 '퀸카의 조건'의 살아 있는 표본은 내가 아니라 브리짓이었으니까.

그리고 진짜 솔직히 말하면, 브리짓이 도리와 되살려낸 우정이 조금 샘났다. 결국 '2진소친'으로 끝나는 건가?

이런 생각들이 골대에 부딪힌 내 머릿속으로 휙휙 지나갔다. 이런저런 생각들을 말이 되게 정리해서 마침내 뭔가 말하려고 했지

218

만 이미 너무 늦었다. 브리짓은 너무 많이 참았던 거다.

"너 아니? 네가 버크 로이한테 홀딱 반했다고 베다니 언니가 말했을 때, 난 정말 언니를 안 믿고 싶었어."

언니가 뭐라고 그랬다고???

"난, 정말, 어찌해야 될지 모르겠더라. 언니는 어떻게 된 일인지 모르고 나한테 말했겠지! 그 무렵 넌 계속 수상쩍게 굴었고 도리는 너한테 솔직히 물어보라고 했어. 그래서 내가 물어봤지? 근데 넌 거짓말을 했어! 넌 맨날 온통 거짓말만 하고 있잖아!"

난 브리짓의 비난에 하도 충격을 받아 숨을 흑 들이켰다. 그 바람에 마스코트 옷에 몇 개 남아 있던 깃털이 목에 걸려버렸다.

콜록콜록 헉헉 캑캑.

"난 이제 네가 누군지 모르겠어."

브리짓은 내가 죽도록 콜록거리고 헉헉거리고 캑캑거리는 것도 무시하며 말했다.

"그리고 내가 뭘 원하는지도 확실히 모르겠고."

그러고서 브리짓은 방에서 나갔다. 맹세컨대 방 안의 모든 공기, 아니 아마 대기권의 모든 공기가 브리짓과 함께 빠져나갔을 거다. 마침내 목에 걸린 깃털을 뱉어냈을 때 난 기절할 지경이 되어 울음도 안 나왔다. 어이없는 비난에 속이 상했던 걸까? 아니면 일말의 진실에 양심이 찔렸던 걸까?

이런 질문에 대답할 새가 없었다. 몇 초 뒤에 플리트 보건선생님이 부모님을 모시고 들어왔기 때문이다. 내 처지가 정말 형편없었던 게 분명하다. 뭘 하고 있든 간에 당장 나를 보러 오라고 플리트 선생님이 두 분을 다 설득할 수 있었다는 게 그 증거다.

아빠와 엄마가 동시에 물었다.

"괜찮니?"

난 고개를 끄덕였지만 엄마 아빠는 믿는 것 같지 않았다. 거위한테 쪼이고 털이 거의 다 빠진 갈매기 의상은 상당히 안돼 보일 게 틀림없었다.

"바이털사인(사람이 살아 있음을 보여주는 호흡, 체온, 심장 박동 등의 측정치:옮긴이)은 괜찮아요. 갈매기 머리가 미식축구 헬멧보다 두개골 보호엔 더 효과적인 것 같네요."

플리트 선생님은 말을 마친 뒤 우리끼리 있을 시간을 주려고 문을 닫고 나갔다.

"보셨죠? 저, 괜찮아요."

난 몹시 안 괜찮은 목소리로 괜찮다고 우겼다.

물론, 신체적으로는 괜찮았다. 하지만 정신적으로, 또 감정적으로 난 엉망진창이었다. 가장 친한 친구가 나한테 절교를 선언한 것이다!

"골대를 들이받았다고? 네가 학교 마스코트라서?"(엄마)

"학교 마스코트라고 왜 말하지 않았냐? 알았으면 응원하러 갔을 텐데."(아빠)

부모님은 이 질문을 **화가 나서-심문하는-부모님** 스타일로 하지는 않았다. 오히려 **이건-이상한 일을-이해하고 싶은-부모님** 스타일로 묻고 있었다. 그렇다고 부모님을 탓할 수는 없었다. 부모님은 나의 이중생활을 전혀 모르고 계셨으니까.

"제가 학교 **마스코트라서** 골대를 들이받은 건 아니에요. 그리고 제가 마스코트라는 건 비밀로 하기로 돼 있어서 말씀 못 드린 거구요. 하지만 이제 더 이상 마스코트가 아니라서 비밀로 할 필요가 없어졌어요. 전 이제 날개를 접었거든요."

이 말을 하는데 목이 메었다. 갈매기 의상을 포기하는 게 슬퍼서가 아니었다. 브리짓이 나를 포기한 게 슬퍼서였다.

부모님은 할 말을 잃은 채 서로를 쳐다보고 또 나를 바라봤다. 어떤 부모 지침서에도 이런 제목의 장은 없을 거다. '여자친구로 삼으려고 작업을 걸어오는 거위를 피하다가 머리로 골대를 들이받아 두개골은 달걀처럼 깨지고 갈매기 의상은 비참하게 흐트러진 딸에게 말하는 방법'.

난 부모님께 뭔가 할 일을 드리는 게 낫겠다고 생각했다. 그래서 힘겹게 눈물을 삼키며 도와달라고 부탁했다.

"날개 얘기가 나왔으니 말인데 이거 좀 벗게 도와주실래요?"

엄마가 지퍼를 내려 갈매기 의상을 벗기는 동안 아빠는 플리트 선생님에게 물어보러 갔다. 선생님 말씀대로 내가 정말 괜찮은지 확인하려고. 아빠는 눈치가 빨랐다. 나처럼. 아빠는 뭔가 잘못됐다는 걸 알았지만 뭐가 잘못된 것인지는 알 수가 없었다.

뭐가 잘못됐는지 아는 사람은 나밖에 없었다.

집으로 가는 차 안에서는 모두들 말이 없었는데 차라리 다행스러웠다. 엄마 아빠가 뭔가 더 물어오면 또 울음을 터뜨릴 것 같아 두려웠다. 그리고 내가 울음을 터뜨리면 엄마 아빠는 왜 우냐고 또 물을 거고, 난 눈곱만큼도 버크 로이를 좋아하지 않는데, 브리짓은 내가 버크 로이를 좋아하면서 거짓말을 하는 걸로 오해한다고 대답할 수밖에 없는데, 그건 또 설명하기 어려운 게 내가 언니한테 버크 로이를 좋아한다고 거짓말을 했기 때문이고, 그건 진짜 멍청한 일이어서 그러지 말았어야 했는데, 언니가 브리짓한테 떠들어댔다고 화를 낼 수조차 없는 게, 언니는 내가 정말로 버크 로이한테 빠졌다고 생각했기 때문이고, 브리짓도 틀림없이 그걸 알 거라고 생각했던 건, 단짝친구는 서로 비밀이 없는 법이니까, 그런데, 사실 난 브리짓한테 비밀이 있었고, 그런데도 내 비밀의 정체를 드러내지 않았던 건, 내가 간직한 비밀이 버크 로이를 좋아한다는 거짓말 못지않게 브리짓한테 그렇게 큰 상처가 될 줄은 몰랐기 때문인데, 비밀보다는 거짓말…….

우웩. 난 아직 제대로 생각을 할 수 없었다.

아직 생각을 제대로 할 수 없었다.

제대로 생각을 아직 할 수 없었다.

어쩌면 갈매기 머리가 내 두뇌를 전혀 보호해주지 못한 것일 수
도 있다.

상상도 못한 방과후활동

내가 힘찬 갈매기에서 영원히 은퇴한 지 이제 일주일이 지났다. 가르시아 선생님조차 그게 모두에게 최선의 방법이라는 데 동의했다.

"일이 제대로 안 돼서 유감이라고 언니한테 말해주렴."

난 전혀 유감스럽지 않았기 때문에 언니한테 말 안 할 거면서도 그러겠다고 했다.

브리짓이 나한테 말을 하지 않는 게 유일하게 유감스러운 일이었다. 놀랍게도 브리짓은 온 학교가 씹어대는 수치스러운 마스코트가 나라는 걸 아무에게도 말하지 않았다. 솔직히 그렇게 되어 다행이었다. 비밀을 지키기 위해 내가 겪었던 그 험난한 과정을 생각한다면 파인빌 중학교에서 가장 유명한 '익명의 존재'로 남을 자격은 있었다.

224

브리짓은 매일 아침 스쿨버스에서 버크와 앉기 시작했고 놀라울 정도로 나의 존재를 모르는 척 행세했다. 그래서 홈룸 시간에 사라가 물어온 소식을 들었을 때도 하나도 놀랍지 않았다.

"맙소사! 버크가 그러니까, 공식적으로, 브리짓한테 사귀자고 할 거래."

드디어 올 것이 왔음을 알았다. 다만 브리짓한테서 듣기를 바랐는데. 하지만 이제 브리짓이 털어놓을 친구는 도리일 거다. 둘은 날마다 점심시간에 같이 앉았다. 응원단!!!에 들어갔기 때문에 새치기 서열이 어마어마하게 높아졌는데도 둘은 날마다 도시락을 싸왔다. 머지않아 둘은 점심을 사먹기로 결심한 거고 줄에서 만다와 사라를 새치기한 거다. 그리고 그날은 정말로, 진짜로 최악의 날이 될 거다.

난 걱정에 너무 깊이 사로잡혀서 사라가 나한테 얘기하고 있다는 것도 몰랐다.

"제시카! 이거 정말이니? 넌 알잖아, 맞지? 넌 아직 브리짓의 단짝이니까, 그치?"

사라는 나와 브리짓의 관계가 끝났다는 걸 분명히 알고 있었다. 다만 왜 그렇게 된 건지 알아내고 싶어 그러는 것일 뿐이었다. 우웩. 이 모든 일들 때문에 속이 뒤집어질 것 같았다. 난 홈룸 선생님이 봐주시길 바라며 손을 들었다.

"보건실에 좀 보내주세요. 토할 것 같아요."

보건실에 갔더니 침대가 다 텅 비어 있었다. 아직 홈룸 시간이니까 당연하다. 의료적인 비상사태가 발생하려면 시간이 좀 더 지나야 한다. 난 배를 움켜쥐고 말했다.

"여자들만의 그 일 때문에요."

이거야말로 완전한 진실이다. 나를 아프게 만든 건 **여자들만의 일이었으니까.** 단지 플리트 선생님이 평소에 다뤄온 '여자들만의 그 일'이 아니었을 뿐.

서류철을 보던 선생님이 내가 서 있는 걸 보고는 **반가워 죽겠다** 는 듯 얼굴이 환해졌다.

"널 보게 되다니!"

"예?"

"내 말은, 머리는 좀 어떠냐고."

그걸 그렇게 이상하게 물을 건 뭐람. 내 머리가 어떠냐고? 내 머리는 뒤죽박죽이었다. 하지만 선생님은 내 머리의 정신적 상태를 묻는 게 아니었다. 그래서 난 질문에 분명하게 대답했다.

"제 머리는 이제 괜찮아요."

"그날 운동장에서 너, 정말 엄청나더라!"

이건 내가 예상한 대답이 아니었다.

"너, 알고 있니? 사랑에 빠진 거위랑 복수심에 불타는 마스코트랑 스물두 명의 선수들보다 네가 더 빨리 달린 거!"

어어, 어디 보자. **그 일이 일어난 뒤로 온 학교가 이 얘기밖에 안
한다.** 그러니까, 나도 알고 있는 셈이다. 만약 어떤 이름 모를 장
난꾸러기가 스펀지밥 트렁크 팬티를 국기 게양대에 걸어놓지 않
는다면 온 학교가 이 얘기만 계속 할 거라는 데 내기를 걸어도 좋
다. 지금도 모두가 이 얘기만 하고 있으니까. 물론 또 다른 사건
이 벌어질 때까지만이다. 그렇다, 중학교는 이런 곳이다. 영원히
지속되는 빅뉴스란 없다. 남들이 다 알아줬으면 하는 좋은 소식
이 있을 때면 이건 좀 실망스러울 수도 있겠지. 하지만 그 소식이
나에 대한 것이고 더구나 나쁜 것일 때 주의 집중 시간이 짧다는
건 정말 큰 다행이 아닐 수 없다.

플리트 선생님의 말이 이어졌다.

"만약 깃털 무게 20킬로그램이 없다면 네가 과연 얼마나 빨리
달릴 수 있을지 상상이 안 되는구나!"

골대로 달려들 때 내가 느낀 깃털의 무게는 0.5킬로그램밖에
안 됐지만 선생님의 생각을 고쳐줄 기운이 없었다. 그리고 내 표
정이 어리벙벙했던 게 틀림없다. 플리트 선생님이 나를 보고 정말
환하게 웃었기 때문이다.

"난 보건선생님이기만 한 건 아니란다. 난 코치야. 그리고 넌 내
가 한 번도 본 적이 없는 타고난 재능의 소유자고!"

이렇게 해서 난 방과 후에 크로스컨트리(자연 지형을 이용한 코스에서 행해지는 가혹한 장거리 경주:옮긴이) 연습을 하게 되었다.

나도 안다. 난 절대로 운동선수 타입이 아니다. 하지만 달리기는 내 생각엔, 상당히 좋은 취미였다. 달리는 동안은 단짝친구가 나를 증오한다는 사실에 대해 생각하지 않을 수 있었으니까. 매일 오후 방 안에서 혼자 뒹구는 것보다는 확실히 억만 배쯤 나았다.

거기다, 솔직히 말하면, 달리기는 상당히 멋진 일이었다.

트랙에서 만났을 때 플리트 코치가 말했다.

"여러분, 환영해주세요. 파인빌 중학교 크로스컨트리팀에 새로 들어온 제시카 달링입니다!"

파인빌 중학교 크로스컨트리팀은 딱 네 명의 여학생으로 이루어져 있었다. 그중 둘은 2학년으로 쌍둥이인 샘슨 자매였다. 학교에 있는 사람이라면 누구나 샘슨 쌍둥이를 알았다. 다른 두 여학생은 누구인지 알 수 없었다. 나중에 자신을 몰리라고 소개한 1학년은 우드비치 초등학교 출신의 작지만 튼튼한 선머슴 같은 애였다. 2학년의 이름은 파드마였는데 엄청난 문화적 충격을 겪고 있다고 했다. 드넓게 탁 트인 노스다코타 주에서 살다가 교통체증에 복닥복닥 붐비는 뉴저지로 이사 온 지 얼마 되지 않았기 때문이다.

네 명의 여학생은 모두들 나를 의심스럽게 쳐다보며 물었다.

"정말이에요?"

"정말이야! 이제 우린 정식 팀을 만들 수 있어!"

플리트 코치가 말했다. 그러고는 팀원들과 함께 팔짝팔짝 뛰고 등을 두드리며 하이파이브를 했다. 마치 내가 금메달이라도 딴 듯한 분위기였다.

"우린 시합 때마다 기권해야 했어!"

땋은 머리를 은구슬로 장식한, 샘슨 쌍둥이의 샨디가 말했다.

"이제 우린 진짜로 시합에 나갈 수 있어!"

땋은 머리를 금구슬로 장식한, 샘슨 쌍둥이의 샤우나가 말했다.

쌍둥이의 대화에서 영감을 얻었다는 듯 파드마가 랩을 시작했다.

"전에 우린 시합 때마다 기권을 해야 했었지. 이제 우린 J. D.와 함께 경기에 뛸 수 있겠지!"

내가 멀뚱멀뚱한 표정으로 있었던 게 틀림없다. 플리트 코치가 크로스컨트리는 선수가 최소한 다섯 명은 돼야 정식 팀으로 인정받을 수 있다고 설명해줬다. 그러자 샘슨 쌍둥이가 덧붙였다.

"네가 왔으니 이제 다섯 명이 된 거야!"

우리가 몸풀기 체조를 하는 동안 플리트 코치는 너무 많은 여

229

학생들이 응원단!!! 같은 화려한 방과후활동에만 몰린다고 설명
해줬다. 아니면 축구나 필드하키처럼 진짜로 팬들이 따라다니는
종목만 선택한단다. 하지만 2.4킬로미터를 달려야 하는 크로스컨
트리 선수들은 관중의 시야 안에 계속 머무를 수 없다. 관중이 선
수들을 따라 달린다면 가능하겠지만, 그럴 바에는 응원을 하느니
차라리 크로스컨트리팀에 들어가는 게 나을 거다.

어쨌거나 플리트 코치는 내 안에 어떤 능력이 숨어 있는지 알고
싶어 안달이었다. 그래서 우리는 트랙을 따라 2.4킬로미터를 달
렸다. 여섯 바퀴. 샘슨 쌍둥이는 함께 출발했고 한 번도 뒤돌아보
지 않았다. 나한테는 쌍둥이가 입은 PJHS 티셔츠의 등판밖에 안
보였다. 몰리는 한 바퀴 반쯤 쌍둥이와 나란히 뛰다가 뒤로 처졌
다. 세 바퀴째에서 난 몰리를 앞질렀다. 파드마는 오직 자기 페이
스에 맞추어 뛰었다. 파드마는 나보다 뒤처져서 출발했는데 나보
다는 처졌지만 몰리보다는 약간 앞서 들어왔다.

여섯 바퀴를 어쩌면 이리도 가뿐하게 완주할 수 있는지, 나뿐
아니라 팀 동료들도 깜짝 놀랐다. 오해하지 마시길. 다 뛰고 났
을 때 힘들었고 숨도 가빴다. 하지만 풀썩 쓰러질 정도는 아니었
다. 샘슨 쌍둥이는 나보다 4분의 3바퀴쯤 앞섰다. 파드마와 몰리
는 나보다 4분의 3바퀴쯤 처졌다. 열을 식히는 동안 아무도 말하
지 않았다. 그 침묵의 시간 동안 난 완전 쫄았다. 몰리와 파드마

가 자기들보다 빨리 달렸다고 나한테 화를 내면 어떡하지?

그때 파드마가 랩을 시작했다.

"J. D.는 미친 듯이 빠른 발을 갖고 있었네. 고마워요, 정말 완전 감사해요, 플리트 코치님!"

가사를 좀 손봐야 할 필요는 있었지만 아무튼 난 거기 담긴 뜻이 고마웠다. 몰리는 그냥 웃으면서 고개만 끄덕였다. 몰리는 말을 많이 하는 타입이 아니었다.

"달리기 한 지 얼마나 됐어?"

샨디가 다리 근육을 풀기 위해 허리를 구부리며 물었다.

난 시계를 보며 시간을 계산했다. 10시 58분이니까……

"어, 11분 정도."

"너도 들었지?"(샨디)

"들었어!"(샤우나)

"11분이래!"(함께)

그러더니 쌍둥이는 속사포처럼 웃음을 터뜨렸다. ㅎ-ㅎ-ㅎ-ㅎ-**하!** 쌍둥이는 빠르게 웃고 빠르게 말하고 빠르게 달렸다. 샘슨 쌍둥이가 하는 건 뭐든지 다 빨랐다. 하도 빨라서 가끔씩은 서로 문장이 겹치기도 했다. 마치 한쪽의 말이 너무 느려서 못 참겠다는 듯이.

"내 말은……."(샨디가 시작)

"얼마나 오래 훈련⋯⋯."(샤우나가 가로채기)

"⋯⋯선수가 되려고?"(함께 마무리)

알아듣는 데 한참 걸렸다. 난 한 번 더 대답했다.

"11분."

샘슨 쌍둥이는 한 번 더 웃고 나서(ㅎ-ㅎ-ㅎ-ㅎ-**하!**) 내 어깨를 가볍게 톡 쳤다. 샨디가 오른쪽을, 샤우나가 왼쪽을.

"정말 재밌어."(함께)

"너, 진짜 마음에 든다."(샨디)

"나도."(샤우나)

"우리 팀에 들어온 걸 환영해."(함께)

이건 정말 엄청난 사건이었다. 샘슨 쌍둥이는 학교에서 유명 인사였다. 운동을 잘하는 데다 똑똑하고 예쁘기까지 했기 때문이다. 또 날씬하고 탄탄하고 우아하며 거의 모든 종목에서 스타 선수가 될 자질이 충분했다. 그래서 쌍둥이가 여자 크로스컨트리팀에 들어갔을 때 모두들 의아해했다. 남자 팀은 한 번도 인원 구성에 문제가 없었지만 여자 팀은 파인빌 중학교에서 가장 인기 없는 종목이 확실했기 때문이다.

첫 번째 연습이 끝나갈 무렵 난 샘슨 쌍둥이가 크로스컨트리팀을 선택한 이유를 이해했다. 그들은 달리기를 사랑하는 아이들이었다. 또 그들은 추종자를 좋아하지도(또 필요로 하지도) 않는 타고 난 지도자였다. 그들에겐 모든 것이 단순했다.

　내게도 그렇게 단순하다면 얼마나 좋을까. 어쩌면 언젠가는 그렇게 될지도 모르겠지만.

난 지난 두 주 동안 날마다 방과 후에 크로스컨트리팀과 함께 연습을 해왔다. 샘슨 쌍둥이를 따라잡을 만큼은 아니지만 플리트 코치는 나의 발전 속도에 뿅갔고 나도 마찬가지였다. 우리 팀은 아직 한 번도 경기에서 이기지 못했다. 하지만 지더라도 경기에 나가는 게 아예 출전하지 않는 것보다는 훨씬 낫다는 데 우리모두 동의했다. 비록 0:4라는 비참한 전적이었지만 집에 콕 처박혀 나 자신을 한심하게 여기며 중학교 입학 후 지금까지 저질렀던 실수들을 곱씹는 것에 비하면 눈부신 발전이었다.

부모님은 경기 때마다 나를 응원하러 왔다. 첫 번째 경기에서 내가 4등을 하자 아빠가 내 별명을 부르며 축하해주는 걸 파드마가 들었다. 막무가내로 파드마가 랩을 하기 시작했다.

"요, 요, 요, 요! 그냥저냥! 그냥저냥! 그, 그, 그, 그! 그냥저냥! 그냥저

냥!"

그때부터 샘슨 쌍둥이는 복도에서 나를 볼 때마다 큰 소리로
"요, 그냥저냥!" 하고 불러 젖힌다. 가장 잘나가는 2학년 선배들
에게 인정받은 나에게 점심 탁자의 모든 애들이 감탄했다. 만다만
빼고. 만다는 자기보다 더 주목받는 사람에겐 반응을 잘 보이지
않는다.

크로스컨트리팀에 들어가고 목공 수업 낙제도 더 이상 겁내지
않게 되면서 그때 내 삶에서 딱 하나 아픈 부분은 친구였다.(정강
이보다 아픈 부분 말이다. 관중석을 오르락내리락 달리느라 정강이가 몹시
피곤하고 아팠다. 멘톨이 들어간 통증 완화 연고를 듬뿍 바르는 통에 내 몸
은 기침약 같기도 하고 피톤치드 공기청정제 같기도 하고 고양이 오줌 냄새
같기도 한 냄새가 진동했다. 하지만 그건 내가 말하려는 **아픈 부분**이 아니다.
내가 이렇게 주절주절 덧붙이는 건 지금 나한테 친구가 진짜로 어려운 주제
이고 어떻게 얘기를 시작해야 할지 모르기 때문이다. 내 생각엔 이 주절거림
을 끝내고 본론으로 넘어가는 게 올바른 시작일 것 같다.)

그래, 본론으로 넘어가자.

그러니까, 친구 말이다. 내 친구들과의 문제는 단짝친구가 나를
증오하는 것보다 훨씬 복잡했다. 나를 증오하지 않는 친구들조차
불편한 상황을 만들었다. 거의 매번 우리 중 누군가는 다른 누군
가를 비속어가 나올 정도로 화나게 만들었다. 물론 나도 예외는

아니었다. 나도 똑같이 상처를 **주기도** 하고 **받기도** 했다.

예를 들자면 오늘 점심때가 바로 그랬다.

"제시카, 넌 욕 나올 정도로 날 화나게 해."

만다가 나한테 말했다.

만다는 왜 나한테 그렇게 화가 난다는 거지? 난 파인빌 중학교 '애교심의 날'에 학교 상징색(빨강, 하양, 파랑)의 옷 입는 걸 잊어버렸을 뿐이다. 진짜 솔직히 말하자면 마스코트에서 은퇴한 뒤로 난 애교심을 표현하는 모든 쇼를 그만두었다. 그리고 그걸 잊어버린 사람이 나밖에 없는 것도 아니다. 사라는 분홍색 폴로셔츠와 청치마를 입고 있었으니까. 왜 사라한테는 아무 소리도 않는 건데?

난 사라 쪽으로 몸짓하며 말했다.

"불굴의 정신 공동 설립자는 사라잖아. 내가 아니라구."

그러자 만다가 지원을 바란다는 듯 호프한테 몸을 돌리며 말했다.

"넌 화가니까 제시카한테 설명 좀 해줘. 빨강과 하양을 섞으면 어떻게 되는지."

호프는 끄적거리던 낙서에서 고개도 들지 않고 말했다.

"빨강과 하양을 섞으면 분홍색이 돼."

만다가 사라를 향해 말했다.

236

"사라, 네 셔츠 색깔이 뭐지?"

사라는 얼굴을 찌푸렸다. 이 질문에 분명히 함정이 있는데 창피 당하지 않을 대답을 몰라서 언짢다는 듯이. 이를테면 자기가 분홍색으로 알고 있는 색깔이 사실은 초록색이란 걸 오늘에야 알게 되는 건 아닐까 하는 표정.

"분홍색……이지?"

"그래, 분홍색."

만다가 무뚝뚝하게 고개를 끄덕였다. 그러고는 내 티셔츠 자락을 쥐고 따져 물었다.

"근데 네 셔츠 색깔은 뭐니, 제시카? 분홍색은 아니잖아. 빨강도 아니고, 하양도 아니고. 안 그래?"

만다는 골반에 손을 짚은 채 딱 버티고 서서 부인할 수 없는 사실에 대해 내가 부인해주길 기다리고 있었다. 사실, 요즘 들어 난 언니의 옛날 티셔츠가 정말로 좋아졌다. 그래서 만다의 **흥미로워**가 **우웩**을 뜻한다는 걸 깨닫고 나서도 여전히 그 옷들을 입고 다닌다. 어쨌든 그때 내가 입고 있던 비틀스 셔츠는 검정색이었다. 분홍도, 빨강도, 하양도, 다른 어떤 색깔도 아닌 색. 그냥 검정이었다.

"사실 제시카 셔츠는 분홍색이야. 빨간색이기도 하고, 하얀색이기도 해."

호프가 책을 한쪽으로 치우면서 말했다. 만다와 사라는 무슨 헛소리냐는 듯 호프를 봤다. 그때 호프가 우리 모두를 놀라게 했다. 특히 나를.

"빛은 모든 색깔의 스펙트럼으로 이뤄져 있어. 빛이 물체를 비추면 어떤 색깔은 흡수되고 어떤 색깔은 반사되는데 그때 반사되는 빛의 색깔이 우리 눈으로 들어와서 물체의 색깔로 보이게 되는 거지."

호프는 숨을 한 번 쉬고 말을 이었다.

"검은색은 어떤 빛도 반사하지 않고 스펙트럼의 모든 색깔을 다 흡수해. 분홍색을 포함해서. 빨간색도. 또 하얀색도."

"맙소사! 무슨 또라이 같은 소리야! 닥쳐!"

사라가 소리 질렀다.

만다는 몇 초 정도 씩씩거리고만 있었다. 그러더니 립글로스를 불쑥 꺼내서 입술에 발랐다. 이미 입술이 반짝반짝 빛나고 있는데도 말이다. 그러더니 좀 더 씩씩거리다가 마침내 입을 열었다.

"제바아아알. '애교심의 날'에 학교 상징색을 입는 것처럼 간단한 일도 기억 못 하는 사람은 머리에 똥밖에 안 든 얼간이일 뿐이야."

그 정도면 나한테 충분히 해댔다고 생각했는지 만다는 스코티 글레이저랑 시시덕거릴 준비를 했다. 스코티는 1학년들 중에서 유일하게 2학년 수준의 실력을 갖춰서 점심시간에도 2학년들과 같이 앉을 만큼 잘나가는 야구 선수였다.

"가자, 사라, 호프. 우리 애교심을 야구팀에 보여줘야지!"

호프는 금방 일어서지 않았다. 우리는 처음으로 우리끼리 앉아 있게 되었다. 호프가 멜빵바지 안에 검정과 흰색 줄무늬의 티셔츠를 입고 있는 게 눈에 들어왔다.

"너도 애교심의 날에 빨강, 하양, 파랑 옷을 안 입었구나."

갑자기 난데없이 에너지가 철철 넘쳐흐르는 남자애 하나가 호프 옆에 털썩 주저앉았다. 시건방이었다! 목공 수업의! 난 두 가지 이유로 화들짝 놀랐다. 1)시건방은 7교시가 영어이므로 지금 여기 있어선 안 된다. 2)내가 힘찬 갈매기에서 은퇴한 뒤로 시건방은 뭐랄까, 나와 멀찍이 거리를 두고 있었다. 나한테 말을 걸 이유는 오직 그 비밀밖에 없다는 듯이.

"어이, 호프! 무슨 일이야?"

시건방의 인사에 호프는 반은 웃고 반은 움찔하는 것 같았다.

"뭐, 별로. 그냥 내 친구 제시카랑 애교심 부족에 대해 얘기하고 있었어. 너희 둘, 만난 적 있니?"

난 놀란 표정을 감추려고 애썼다. 호프와 시건방이 서로 아는 사이였던 거야?

"아니. 난 제시카를 한 번도 본 적 없는데. 안 그래?"

239

시건방은 비실비실 웃으며 말했는데 내 이름을 특히 강조해서
발음했다.

"맞아. 한 번도 못 본 것 같아."

내가 대꾸하자 시건방은 호프한테 몸을 돌리며 말했다.

"너도 선천적 인자에 의한 양심적 애교심의 날 거부자구나. 나
처럼."

그러면서 시건방은 호프의 곱슬머리를 용수철처럼 당겼다 놓았
다. 하도 순식간에 일어난 일이라 난 방금 무슨 일이 있었는지 정
신을 차릴 수가 없었다. 선천적 **뭐?** 양심적 **어째?**

"목공실에서 보자, **제시카!**"

시건방은 손을 흔들며 말했다. 그러고는 벌점 받는 아이들이 집
합하는 식당 구석으로 쏜살같이 달려갔다.

난 **'방금 무슨 일이 있었던 거야?'** 하는 표정으로 호프를 빤히
쳐다봤다. 호프가 설명하듯 말했다.

"우린 둘 다 빨강머리잖아. 1년 내내 학교 상징색을 하고 있는
데 애교심의 날이 왜 필요하냐 말이지."

"그거 말고. 내 말은, 너도 시건방을 알아?"

"시건방? 쟤 이름은 시건방이 아닌데."

"아! 알아! 하지만 목공 선생님이 쟬 그렇게 불러. 건방지다고.
거기다 멍청하기까지 해."

240

난 앉은 자리에서 뒤돌아봤다. 마침 멍청한 시건방은 우유팩을 벌려 코끝에 얹어놓고 중심을 잡고 있었다. 빨대까지 꽂은 채로.

"쟤는 마커스 플루티야. 나랑 같은 초등학교를 나왔어. 우리 오빠 친구고."

호프가 심드렁하게 말했다.

그때 우유팩이 바닥으로 떨어져 맨 앞줄에 앉아 시건방(그러니까 마커스 플루티)의 멍청한 쇼를 보던 아이들한테 다 튀었다. 이리저리 피하느라 부딪치고 넘어지고 난리도 아니었다. 아무리 훌륭한 어휘력을 가진 사람이라도 마커스 플루티를 바보라고 할 수밖에 없을 거다. 하지만 난 **바보**로 만족할 수 없었다.

"있지,"

난 극적인 효과를 높이기 위해 잠시 말을 멈췄다가 이었다.

"쟤는 막장 괴짜야."

막장 괴짜는 내가 시도하고 있는 새로운 단어다. 그러니까, 만다가 **완때하다**를 만들었다가 없앨 수 있다면 나라고 새로운 유행어를 창조하지 못할 것도 없잖아? 하지만 호프는 내가 그렇게 말해도 어깨만 으쓱할 뿐이었다.

흐으음. **막장 괴짜**가 인기를 얻을 수 있을지 자신이 없다.

호프한테 오빠에 대해 물어보려는 참인데(몇 살이고 어떻게 생겼는지, **호프의 머릿속을 온통 엉망진창으로 휘저어놓은 적이 있는지?**), 만다가 운동선수들의 탁자에서 호프를 불렀다. 만다는 버크 로이의 왼쪽 이두박근을 문지르면서 호프한테 명령했다.

"이리 와, 호프! 여기 버크가 파인빌 병아리 문신을 하고 싶대. 네가 스케치 좀 해줘!"

아마 호프는 이번에도 입모양으로 **갈매기**라고 했을 거다. 직접 보진 못했지만.

난 만다와 시시덕거리고 있는 남자애가 누구인지 잠시 잊고 있었다. 조만간 브리짓한테 공식적으로 사귀자고 제안할 거라는 소문이 파다한, 그 버크였다. 브리짓과 멀리 떨어져 앉은 내 눈에도 브리짓의 얼굴이 빨개지는 게 보였다. 자기가 입고 있는 PJHS 응원단!!! 유니폼의 P자만큼 빨갰다. 브리짓도 자기 얼굴이 빨개진 걸 틀림없이 알고 있을 거다.

"빠아알리이이이, 호오오오프."

호프는 브리짓과 만다/버크를 이쪽저쪽으로 봤다. 그러고는 피곤해서 못 살겠다는 표정을 짓더니 땅이 꺼져라 한숨을 쉬고 일어섰다.

"의리상 가줘야겠지."

호프는 탁자에서 발걸음을 떼다가 나를 돌아보며 말했다.

"넌 목공실로 달아날 수라도 있으니 엄청 운 좋은 줄 알아. 상담부에서 시각예술 수업으로 안 바꿔줘서 화가 나 미치겠어. 내가 생활과학시간에 이 한심한 드라마 가운데에 끼어서 얼마나 괴로운지 넌 모를 거야."

이런, 호프가 뭘 잘못 알고 있다. 가운데에 끼인 괴로움이라면 나도 빠삭하다. 이래봬도 난 1학년이 되자마자 가운데에 끼이기 시작한 사람이다. 아마 그래서 중학교를 '미들(middle) 스쿨'이라고 부르는 건지도 모른다.

어쨌거나 호프도 나 못지않게 무척이나 그리로 가기 싫은 게 틀림없다. 만다가 나를 안 불러서 천만다행이다. 만약 단순히 '퀸카의 조건 4번: 잘나가는 패거리에 붙어 다녀야 한다'에 충실하기 위해 나도 그리로 갔다면 나 자신을 결코 용서할 수 없을 거다.

그리고 솔직히 말하자면 난 이렇게 말해야 할 것 같다: 난 오늘 목공실에서 마커스 플루티를 '만나기'를 간절히 고대하고 있었다. 하지만 마커스는 수업을 빼먹기로 했는지 끝내 나타나지 않았다. 마커스의 결석에 실망하는 나 자신을 보며 한심한 기분이 들었다. 이 무슨 소녀 같은 유치한 감상이람?

이런 기분을 또 느끼고 싶지는 않다.

그리고 난 '퀸카의 조건 3번: 첫 남자친구를 잘 골라야 한다'는 건너뛰어도 될 만큼 충분히 괴로움을 겪었다고 생각한다.

24장

나는 누구인가

9월이 가고 10월로 접어들었다. 그동안 빅뉴스가 있었다.

첫 번째 빅뉴스는 브리짓과 내가 다시 서로 말을 한다는 거다.

화해를 시도한 사람은 나였다. 난 달콤한 시리얼과 음료수를 들고 무작정 브리짓의 집으로 찾아갔다. 버크가 마침내 브리짓한테 사귀자고 말해서 공식 커플이 된 걸 온 학교가 알고 있었다. 브리짓이 내가 버크를 좋아했다고(정확한 기록을 위해 다시 말하지만, 난 절대로 버크를 안 좋아했다) 정말로 믿었더라도 지금 버크를 차지한 건 내가 아니라 자기니까 괜찮을 것 같았다.

"안녕."

브리짓이 현관에 나오자 내가 먼저 인사했다. 브리짓은 PJHS 응원단!!! 유니폼을 입고 있었다. 그날 오후에 미식축구 경기가 있었기 때문이다. 힘찬 갈매기의 특별한 공연 없이도 그럭저럭 관중

244

이 몰려들었다. 0:5로 져서 응원한 보람은 없었지만.

"안녕."

브리짓이 대답했다.

난 빛바랜 현관 매트만 멀뚱히 쳐다보고 있었다. 이제 무슨 말을 해야 할지 몰랐기 때문이다.

"난 그런 거 먹으면 안 돼. 살쪄. 유니폼 안 맞으면 큰일 나니까."

그러면서 브리짓은 유니폼 치마의 허리선을 진짜로 꼬집어 보였다. 우웩. 이제 브리짓은 정크푸드에 대한 두려움까지 우리 엄마나 언니와 같아지게 된 건가?

"아."

난 이 말밖에 할 수 없었다. 엄청 어색했다. 정말로, 진짜로 어색했다. 그러다 갑자기, 순식간에 어색함이 사라졌다.

브리짓이 내 손에서 상자를 낚아채더니 PJHS 로고가 새겨진 가슴팍에 꼭 껴안았다.

"그치만 신경 안 쓸래. 지금은 배고파 죽을 지경이니까!"

계단에 폴짝 내려앉는 브리짓을 보며 난 잠시 우두커니 서 있었다. 브리짓이 정말로 시리얼을 먹고 싶은 건지 아닌지 알 수가 없었다.

브리짓은 계단 위에 떨어진 나뭇잎을 쓱쓱 쓸어내고는 나더러 옆에 앉으라는 몸짓을 했다.

"빨랑, 제시카. 너도 배고파 죽겠는 거 다 알아! 넌 날마다 연습으로, 그러니까, 억만 마일쯤 달리잖아!"

내가 크로스컨트리팀에 들어간 걸 누군가가 말해준 모양이었다. 난 아예 말을 못 했으니까. 어쩌면 응원단!!! 연습을 하는 동안 내가 학교 주변을 달리는 걸 봤을지도 모르겠다. 아무리 나한테 화가 나서 미칠 지경이라도 나를 못 알아볼 턱은 없을 테니까.

난 브리짓 옆에 앉았고, 우리는 음료수 뚜껑을 열고 플라스틱 병을 부딪쳤다.

"치어스(cheers)!!!"

내가 외쳤다. 우리가 마지막으로 정크푸드 소풍을 함께 했을 때 브리짓이 그랬던 것처럼.

브리짓의 눈이 초롱초롱해졌다. 그러더니 대답으로 이렇게 외쳤다.

"레이시스(races)!!!"

난 브리짓을 바라봤다. '무슨 소—?' 순간 (아하!) 알아들었다.

브리짓은 응원을 한다. **나**는 달린다. 우리는 서로를 축하한 거다.

우리는 서로 사과의 말 같은 건 안 했다. 우리 사이에 무슨 일이 생긴 건지도 얘기하지 않았다. 브리짓도, 나도 우리 사이에 생긴 일을 이해할 수 있을 것 같지 않았기 때문이다. 그 껄끄러운 애기를 피한 건 나한테는 잘된 일이었다. 단짝친구가 다시 나한테 말을 하고 있으니까. 하지만 나쁜 점이 딱 하나 있었다. 그거야말로 이제 우리가 더 이상 진짜 단짝은 아니라는 증거니까.

아마 브리짓과 나 사이의 우정의 변화는 긍정적이지도, 부정적이지도 않은…… **딱 가운데** 정도랄까?

"내 생각엔 응원단이 미식축구 말고 크로스컨트리나 다른 종목도 응원해야 될 것 같아."

시리얼 상자의 바닥이 드러날 때쯤 브리짓이 말했다. 이제 남은 건 부스러기 한 옴큼 정도였다.

"진짜?"

시리얼 상자와 음료수 병을 집어들고 일어서는 브리짓을 보며 내가 물었다.

"우리 미식축구팀은, 뭐랄까……"

브리짓은 말을 멈추고 누가 엿듣기라도 할까 봐 주위를 두리번거리며 말했다.

"……쓰레기야."

난 소스라치게 놀라는 척하며 말했다.

"브리짓! 너, 응원단 잘리려고 작정했구나!"

"버크한테는 비밀로 해줘. 그치만 사실인걸 뭐!"

브리짓은 깔깔대고 웃었다. 정말 오랜만에 들어보는 웃음소리

247

였다. 브리짓이 그렇게 웃는 소리를 듣고 있노라니 정말 감개무량했다. 내가 억만 번쯤 들었던 그 웃음소리.

"미식축구팀 전적이 학교에서 최악이야!"

난 버크에게도, 다른 누구에게도 암말 하지 않겠다고 약속했다.

"네 비밀은 나 혼자 간직할게."

골목을 가로질러 우리 집으로 뛰어가면서 아마 온 학교를 통틀어 오직 브리짓만 알고 있을 소식에 대해 생각했다. PJHS 여자 크로스컨트리팀이 어떻게 연패에서 탈출하게 되었는가 하는 소식.

그렇다! 이것이 바로 두 번째 빅뉴스다! 우리가 오늘 처음으로 경기에서 이겼다!

우리는 각자 최선을 다했다. 난 샘슨 쌍둥이한테 겨우 15초밖에 뒤처지지 않았다. 이건 정말 짜릿한 일인 게 전에는 이렇게 바싹 따라붙어본 적이 없었다! 그리고 코스의 마지막 100미터를 남겨두고 파드마와 몰리한테 힘내서 경쟁자들을 앞지르라고 고래고래 소리치며 응원한 건 더 짜릿한 일이었다.

"너희들 정말 멋진 한 팀이었어. 그리고 너흰 한 팀으로 승리한 거야!"

플리트 코치는 눈물이 글썽글썽해서 말했다.

정말 최고였다. 이제 난 스포츠가 왜 그렇게 대단한 일인지 이해할 수 있다.

그리고 엄마 아빠 모두 나를 초자랑스러워했다. 특히 아빠는 방방 뛰었다.

"너한테 이런 대단한 능력이 있을 줄 누가 알았겠냐?"

아빠는 내 머리 위로 수건을 툭 던지며 농담했다.

누가 알았겠냐고? 난 몰랐다. 맹세한다.

부모님은 먼저 씻으라며 나를 집에 내려놓고 서류 작업을 끝내러(엄마), 피자를 사러(아빠) 갔다.

부모님이 다 집에 안 계시니까 누군가 찾아올 걸 예상했어야 했는데.

"제에에에시카!"

그렇다. 언니가 나타난 거다. 그때 본 뒤로는 처음이었다. 그러니까, 내가 응원단!!!에 뽑혔다고 언니가 말해줬고, 내가 버크 로이를 좋아한다고 거짓말을 했고, 그래서 브리짓이 나하고 말도 안 하게 된 그 모든 불편한 사건의 출발점이 되었던 그때 말이다.

어땠냐고? 솔직히 난 언니랑 아무 말도 하고 싶지 않았다. 그리고 언니 역시 마음을 터놓고 얘기를 나눌 만한 그런 상태는 아니었다. 밝게 인사했지만 언니는 신경이 바짝 곤두서 있었다. 내 말은, 언니가 아이라인도 안 그린 채로 여학생클럽을 나섰다는 뜻이다.

언니가 묻기도 전에 내가 먼저 말했다.

249

"내가 챙겨놨어!"

"그랬구나."

"학교에서 보낸 수상 통지서! 집에 왔어."

"어디 있니?"

난 언니의 서랍장 맨 위 칸에 있다고 말해줬다.

요즘 난 아주 빠른데도 언니가 나보다 더 빨랐다. 내가 방문턱을 넘을 때 언니는 벌써 봉투를 찢어 열고 있었다. 난 언니가 흥분해서 얼굴이 빨개지든가, 아니면 기뻐서 방을 빙빙 돌며 춤추는 모습을 기대했다. 그런데 언니는 얼굴이 새파래지면서 금방이라도 토할 것처럼 배를 움켜쥐었다.

"내 인생은 망했어. 다 끝났어!"

언니가 편지를 방바닥에 떨어뜨리며 말했다.

"뭐야? 지금 그게…… 무슨 말이야?"

뭔가 아주, 엄청나게 잘못된 거다.

난 허리를 굽혀 조심스럽게 편지를 집어들었다. 편지는 부모님 앞으로 온 것이었고 간단명료했다: 귀댁의 따님은 퇴학 위기에 처해 있습니다. 그리고 미납된 학비도 있습니다.

"우와! 뭐 이런 상도 있어?"

난 얼떨떨했다.

"그건 상이 아니야! 내가 거짓말한 거야!"

여전히 무슨 말인지 잘 알아들을 수가 없었다. 난 편지를 다시 읽었다.

"언니가 수업에서 낙제했단 말이야?"

"난 **인생**에서 낙제한 거야."

그러면서 인기 있고 아름답고 완벽한 언니는 완전히 이성을 잃었다.

"난 학교에서 **근신** 중이고, 여학생클럽의 응원단장 **자격도 박탈** 당했고, 남자친구랑은 **깨져서 걔 차**도 더 이상 빌릴 수 없으니 **칙 부티크**에서 옷 파는 **한심한 일**도 못 할 텐데, 칙부티크는 **최저임 금**밖에 안 주면서 나한테 **자기들 옷만** 입으라고 하고, 그런데, **신 용카드 한도**는 다 차버렸으니 칙부티크 **옷 사느라** 교재 살 돈을 날리고 **수업은 낙제**까지 하고……."

흐느낌과 훌쩍임, 또 다른 끔찍한 소리들 속에서 내가 용케 걸러들은 언니의 넋두리는 대충 이런 거였다. 왜 언니의 삶이 이렇게 꼬인 걸까? 한바탕 실컷 울고 나서 언니는 숨을 헐떡거렸다. 마치 크로스컨트리 연습 중에 코치가 가파른 언덕을 끝도 없이 오르내리게 했을 때 내가 그랬던 것처럼.

난 언니의 실연 문제에 대해서는 할 말이 없었다. 왜냐하면 남자-여자 문제에 대해 아는 게 없기 때문이다. 하지만 내 생각에 언니는 남자친구 자체보다 남자친구의 차를 더 좋아했던 것 같다. 그래서 언니가 실연의 아픔에서는 금방 회복될 것 같았다.

다른 건 그렇다 치더라도 이 말만큼은 하고 싶었다.

"언니, 언니가 옷에다 쏟은 돈을 책 사는 데 쓰고, 쇼핑 대신 수업에 가고, 여학생클럽 응원단장 노릇(그게 뭔지 모르겠지만)보다 학생 노릇에 시간을 더 많이 쓰고, 그랬다면, 내 생각엔, 적어도 이 지경까지는 안 됐을 텐데."

그때 푸델 선생님이 시건방(그러니까, 마커스 플루티)한테 '기념비적인' 이쑤시개에 대해 했던 말이 떠올랐다.

'너희들이 뭔가를 **한 수 있다**고 해서 그렇게 **해도 된다**는 뜻은 아니다.'

결국 난 언니한테 아무 말도 하지 않았다. 무슨 말을 해야 할지, 어떤 행동을 해야 할지 알 수가 없었다. 그래서 예전에는 상상도 할 수 없었던 뭔가를 했다.

바로 언니를 안아준 거다.

언니는 내 어깨에 기대어 한참을 울었다. 언니가 내 크로스컨트리 유니폼을 눈물 콧물로 온통 적셨지만 그런 건 괜찮았다.

시간이 얼마나 흘렀을까, 언니는 마침내 나를 놓아줬다. 언니는 눈물을 닦으며 말했다.

"울고 나니 시원하네."

그러곤 덧붙였다.

"정~~~~말 미안해."

그러곤 나를 또 안았다.

난 언니의 등을 토닥여줬다.

"아니야, 괜찮아. 콧물 조금 묻은 거 가지고 뭘. 원래 땀에 흠뻑 절어서 더러웠어."

"콧물 말고!"

언니가 몸을 뒤로 젖히며 웃었다.

"내가 미안한 건 '퀸카의 조건'이야. 그걸 너한테 주는 게 아니었는데."

마침내 난 그 질문을 던졌다. 1학년이 되기 전 마지막 날에 언니가 갑자기 나타나 내 머릿속을 온통 엉망진창으로 휘저어놓았을 때부터 묻고 싶었던 그 질문 말이다.

"대체 왜 그걸 나한테 준 거야? 솔직히 전에는 나한테 별로 관심도 없었잖아."

언니는 눈을 내리깔며 대답했다.

"처음엔 너를 돕기 위해서라고 생각했어."

언니는 조용히 말했다.

"근데 지금 생각해보면 나 자신을 돕기 위해 너한테 그걸 준 것 같아."

난 언니가 무슨 소리를 하는 건지 전혀 못 알아들었으면서도 완전히 이해했다는 듯 언니를 바라봤다. 하지만 애써 그런 표정을 꾸미지 않았어도 됐을 것 같다. 언니가 알아듣게 얘기를 해줬기 때문이다.

"무슨 말이냐면, 제시카. 내가 모든 걸 확실하게 알았던 건 중학교 때가 마지막이야. 그때는 모든 것의 답을 알았지! 근데 지금은 아무것도 답을 몰라! 아마 모든 걸 알았던 그때를 되찾고 싶었던 건지도……."

언니가 말끝을 흐렸다.

"나를 통해서?"

언니는 단호하게 고개를 끄덕였다.

"근데 **그것마저도** 제대로 안 됐어. '퀸카의 조건'은 온통 역효과만 낳아서 넌 지금 나보다도 더 심각한 패배자가 돼버렸으니! 지금도 넌 그 허접한 티셔츠를 입고 있잖아! 셰리한테서 네가 응원단을 그만둔 것도 들었어. 넌 아직 남자친구도 없고 잘나가는 패거리에 붙어 다니지도 못한다며!"

난 서글프지만 동의한다는 뜻으로 언니의 등을 다시 토닥여주려다가 순간 멈칫했다.

잠깐.

잠깐만 있어봐.

어떻게 내가 언니보다 더 심각한 패배자야?

난 패배자가 아닌데! 알아, 물론 내가 잘나가는 남자친구와 자신만만한 패거리를 가진 패션 디바 치어리더는 아니지. 난 인기 있고 아름다운 쪽과는 가장 거리가 멀고, 어떤 것이든 완벽함 근처에도 못 간다. 게다가 '퀸카의 조건' 미션은 완전히 실패했고, 단짝친구는 이제 더 이상 단짝이 아니게 되었다. 그럼에도 불구하고 1학년이 되고 나서 아직까지 불행한 일보다는 행복한 일이 더 많다. 그럼 이 정도의 만족감은 아무것도 아닌가? **모든 것**이 완벽하지 않으면?

언니의 커다란 눈에 눈물이 글썽글썽해서 이제 내가 말해야 할 때라는 걸 알았다. 그것도 얼른. 안 그러면 내 셔츠가 콧물을 얼마나 더 흡수하게 될지 모르니까.

"언니, '퀸카의 조건'은 **완전** 효과 만점이었어!"

언니가 눈동자를 굴렸다.

"제시카! 내가 비록 모든 수업에서 낙제했지만 '이미지 마케팅과 경영' 수업만큼은 충분히 배운 것 같네. 네가 모든 걸 긍정적으로 보려고 애쓴다는 걸 알겠으니."

난 반박했다.

"아니야! 맹세할 수 있어! 만약에 '퀸카의 조건'이 없었다면 내가 누구인지 지금도 몰랐을 거야!"

언니는 잠시 가만히 있더니 이렇게 물었다.

"그래서 지금 네가 누군데?"

난 잠깐 생각해봤다. 침묵 속에서 장면들이 생생하게 떠올랐다.

푸델 선생님: 후~~~ 아 유? 두두. 두두.

응원전 관중: 후우우우 아 유우우우?

나의 옛날옛날 단짝친구: 난 이제 네가 누군지 모르겠어.

나는 누구일까? 제시카 달링. 파인빌 중학교 1학년 학생. 은퇴한 마스코트. 떠오르는 크로스컨트리 스타. 미래는 미지수.

"제시카?"

언니는 여전히 대답을 기다리고 있었다.

"내가 누군지 아직 생각 중이야." 나는 말했다. "그치만 난 행복해."

보너스!

거기서 끝났으면 정말 좋았을 텐데, 그치? 하지만 진실을 말하자면, 인생은 결코 그런 달콤한 결말로만 이루어지지 않는다.

그 깜짝쇼가 끝난 뒤 엄마가 아주 기분이 좋아서 집으로 왔다. 고급주택 거래를 깔끔하게 마무리했단다. 그리고 아빠는 피자를 사가지고 왔다. 난 언니한테 학교 낙제 편지에 대해 아무 말도 하지 않겠다고 약속하고, 이따가 우리랑 같이 저녁을 먹자고 설득했다. 왜냐하면 (이것, 참!) **공짜 음식도 있고** 실연한 언니가 잠시라도 가족과 함께 있는 게 모두에게 좋을 것 같아서였다.

"모두 다시 모였구나!"

엄마는 얼마나 심각한지 여차하면 울 것 같았다.

"사랑하는 달링들을 위해!"

아빠가 물잔을 들어 올리며 말했다. 정말 촌스러웠지만 언니와 나(아빠가 사랑하는 달링들)는 아빠와 잔을 부딪쳤다.

그렇게 우리는 함께 피자를 먹었다. 심지어 엄마도 피자를 샐러드와 함께 한 조각 먹었는데, 이건, 그야말로 기록에 남을 일이다. 부모님은 이미 기분이 무척 좋았던 데다 언니를 보게 된 것에 너무 행복해서 최근에 언니가 얼마나 속을 썩였는지는 까맣게 잊어버렸다. 언니의 낙제 때문에 앞으로 속을 얼마나 **더** 썩이게 될지 전혀 모르는 부모님으로서는 차라리 다행이었다. 그러니까, 언니가 그 소식을 전하기로 결심하는 순간이 언제일지 모르지만 말이다. 언니는 오늘 밤에는 말하지 않을 거다. 왜냐하면 부모님이 온통 ***W***와 ***W의 생활***에 대해 묻느라 정신이 없었기 때문이다. 부모님의 관심이 나한테 쏠린 건 언니에게도 다행이었을 거다.

어쨌거나, 그래서 난 어떻게 샘슨 쌍둥이를 따라잡게 되었는지, 어떻게 목공 수업 낙제를 더 이상 겁내지 않게 되었는지, 그런 유의 긍정적인 얘기를 털어놓았다. 마침내 부모님은 설거지를 하러 부엌에 갔고 난 언니한테 이런저런 이야기를 하게 되었다. 이러저러해서 브리짓과 친구로 남게 되었다는 얘기, 하지만 옛 친구 도리가 브리짓의 새 단짝이 됨으로써 나와 브리짓은 더 이상 단짝이 아닌 것 같다는 얘기, 영재반 친구인 호프, 만다, 사라 패거리와 어울리게 된 얘기, 그리고 내가 만다와 사라를 좋아하는지 모르겠다는 얘기, 하지만 걔들이 호프와 같은 초등학교를 나온, 말하자면, 한 패거리라는 얘기. 처음 만났을 때는 호프를 안 좋아했는데 웃기게도 지금은 많이 좋아한다는 얘기…… **우엑**.

우엑. 우엑.

"초등학교 때 친구랑 중학교 새 친구가 다 같이 잘 지내는, 그러니까, **친구**로 지내는 건 불가능한 거야?"

"그건 1학년 때는 확실히 어려울 거야."

언니가 키친타월로 피자 기름을 닦아내면서 말했다.

"나한테 정말로 좋은 뭔가—"

언니가 갑자기 말을 딱 멈추더니 자기 입을 틀어막으려는 것처럼 피자를 크게 한 입 베어 물었다. 난 갑자기 언니가 안 하려는 게 분명한 말을 듣고 싶어 미칠 것 같았다.

"뭐라고?"

그러자 언니가 "완전 또라이 소리" 비슷하게 뭐라 웅얼거리길래 내가 다시 "뭐라고?" 물었고 언니가 다시 "완전 또라이 소리"라고 대답했다. 만약 자기 랩 팀에 들어오라는 파드마의 제안을 내가 받아들인다면 그때 내 래퍼 이름으로 그걸 써야겠다고 결심했다.

요! 우리 집의 완전 또라이.

이야기가 딴 길로 샜다.

언니는 피자를 삼키고 다이어트 콜라를 한 모금 마신 뒤 나지막한 소리로 대답했다.

"다른 '조건'이 있어."

"다른 '조건'이 또 있다고? 도대체 몇 개나 만들었던 거야?"

언니는 아리송하게 대답했다.

"한 개는 넘겠지."

"이번 건 무슨 조건인데?"

언니는 뒤돌아보며 부모님이 아직도 부엌에서 바쁜지 확인했다. 그러고는 몸을 앞으로 숙이고 속삭였다.

"베다니 달링의 수칙 2번 '우정의 조건': 친구와 적, 가짜 친구를 판별하는 완벽한 지침."

뭣이라? 옛날 친구에다 새 친구까지 내가 겪고 있는 갈등 상황으로 봤을 때 이거야말로 바로 **나한테 딱 필요한 것**이다.

"그거 어디 있어? 볼 수 있어?"

언니의 얼굴이 흐려졌다.

"너, 정말로 그걸 보고 싶니?"

언니의 망설임을 탓할 수 없었다. 언니도 봐서 알지만 난 수칙 1번 '퀸카의 조건'에서 비참하게 실패했다. 하지만 아까도 말했듯이, 만약 언니가 **내 머릿속을 온통 엉망진창으로 휘저어놓지** 않았다면 난 내가 누구인지 아직도 모를 거다. 언니의 '지혜'는 나를 온실 밖으로 나가게 하는 좋은 방법이었다. 언니의 '지혜'가 없었다면 나의 일부분(달리기 선수, 숟가락 제작자, 비밀 지킴이)을 발견하

지 못했을 수도 있으니까. 나에겐 인기를 얻고 아름다워지고 완벽
해지는 게 더 이상 중요한 게 아니다. 전에도 그게 정말로 중요했
던 것 같지는 않다. 난 단지 남은 중학교 생활을 나답게 잘해내고
싶을 뿐이다.

나다운 게 어떤 것이든지.

이상하게 들릴지도 모르겠지만 언니의 수칙이 결국엔 나다움을
찾도록 도와준 거다. 물론 얽히고설키고 배배 꼬이긴 했지만.

언니가 다시 물었다.

"확실히 보고 싶은 거야? 그런 일을 겪고도."

"지금 농담해?"

난 스타팅 블록을 박차고 나가는 단거리 선수처럼 의자에서 벌
떡 일어서며 말했다.

"난 그런 일을 겪었기 **때문에** 그걸 보고 싶은 거라구!"

이번에는 또 무슨 일이 벌어질지 알고 싶어 난 벌써부터 마음이
설렜다.

퀸카가 못 되면 어때?

성장이란 더 큰 사회, 더 다양한 인간관계로 세상을 넓혀가는 일입니다. 초등학교를 졸업하고 중학교에 입학하는 것도 바로 그런 성장의 과정이지요. 그런데 그 일이 말만큼 쉬운 일은 아닌 것 같습니다. 새로 만나는 많은 아이들과 좋은 관계를 맺어가는 일은 아주 긴장되고 힘든 일이니까요. 이 일은 특히 여자애들에게 더 어렵습니다. 왜냐하면 여자애들에게는 늘 함께 어울려 다니는 단짝친구의 존재가 아주 중요하기 때문이지요. 이 책의 주인공 제시카 달링이 중학교 입학이라는 중대 사건을 통해 겪는 파란만장한 일들이 바로 그런 것입니다.

나라와 시대는 비록 다르지만 제시카 달링의 중학교 생활을 따라가는 동안 저의 중학교 생활이 떠올랐습니다. 그때는 친구들이 참 소중했어요. 하루 종일 함께 붙어 다니면서도 뭐가 그렇게 늘 새롭고 즐겁고 할 말이 많았었는지! 친구가 없으면 아무 데도 갈 수 없었고, 심지어 화장실까지도 함께 가야 '단짝'이라고 할 수 있었죠. 쉴 새 없이 속닥거리고 비밀은 뭐든지 공유했어요. 부모님이나 선생님께 말할 수 없는 모든 것들을 친구와는 나눌 수가 있었지요.

오늘날의 십대 소녀들도 저와 비슷한 경험을 나누고 있는지 문득 궁금해졌습니다. 저는 딸이 없고 아들만 둘이거든요. 거기다 20년 가까이 남자 중학교에서만 근무하다 보니 요즘 여자애들에 대해서는 잘 몰라요. 저는 학창 시절을 떠올리며 흐뭇한 미소도 짓고 아련한 그리움도 느끼면서 이 책을 참 재미있게 읽었답니다. 그런데 여러분에게도 이 책이 그런 재미와 공감을 불러일으킬 수 있을지 조금은 기대도 되고 염려도 되고 그렇습니다.

번역을 하면서 저는 제시카 달링에게 푹 빠졌습니다. 제시카는 정말 건강하고 매력적인 소녀 아닌가요? 제시카는 평범하지만, 그야말로 특별한 소녀라고 저는 생각합니다. 퀸카를 단짝친구로 둔 평범한 소녀, 언니에게 물려받은 '퀸카의 조건'을 실천하기 위해 좌충우돌하는 제시카를 보면서 웃음을 터뜨릴 수밖에 없었습니다.

제시카는 결국 퀸카가 되지 못합니다. 하지만 저는 제시카가 퀸카보다 더 훌륭한 사람이 되어간다고 생각합니다. 자신에 대해 고민하고, 식당 새치기가 부당한 일이라고 생각하며 자신에게 숨은 능력을 발견하고 자신의 약점을 극복하기 위해 노력했으니까요. 그보다 더 중요한 것은 유행을 무조건 따르지 않고 '자기다움'을 당당히 찾아간 점입니다. 가장 중요한 것은 있는 그대로의 자신을 사랑하는 것 아닐까요?

제시카는 자신이 조금만 덜 사랑스러운 이름을 가졌더라면 하고 생각하지요. 하지만 저는 제시카가 정말 딱 맞는 이름을 가진 것 같습니다. 제시카 '완전' 달링!!! 다시 십대 소녀가 된다면 저는 꼭 제시카 같은 친구를 만나고 싶어요. 그리고 이 책을 읽는 여러분들이 모두들 제시카처럼 몸과 마음이 건강하고 사랑스러운 소녀들로 성장해가기를 바랍니다.

2014년 봄, 김영아